KB168792

우리의 밤은
당신의 낮보다
요란하다

우리의 밤은 당신의 낮보다 요란하다

한차현 소설

차 례

우리의 밤은 당신의 낮보다 요란하다

내 마음 깊은 곳의 너

오직 하나뿐인 그대

드디어 사랑이 시작되었습니다. 그런 것 같습니다. 급기야 이처럼 선언할 수 있음에 얼마나 가슴 벅찬지 모르겠습니다. 세상에 맙소사 방금 내가 뭐라고 했죠? 사랑. 사랑. 오마이갓 이게 얼마만인가!

열한시 오십이분. 그녀를 바래다주고 돌아오는 길. 딱 기분 좋을 만큼만 취했으며 밤공기가 적당히 달콤한 데다 막차가 아직 끊기지 않은 시간이네요. 열차를 타고 시 경계선을 넘어 마을버스 대신 택시를 타고 집 동네에 다다르면 새벽 한시가 조금 넘겠지요. 오늘 같은 밤이라면 냉장고 안에 있는 것들로 간단한 술상을 봐서 소주 서너 잔에 새로운 사랑을 자축해도 좋겠군요. 고요한 밤 흐뭇한 밤. 방금 전 헤어진 그녀를 다시 생각합니다. 그 다정한 목소리와 그 상냥한 미소를. 발끝이 두둥실, 당장이라도 그녀에게로 발길을 돌리고 싶어지네요. 하지만 그렇게 하지는 않을 거예요. 오늘은 세상의 어떤 날과도 같지 않은 날. 훗날 어떻게 기억될지는 알 수 없어도, 당장은 이런저런 사연들을 더 만들고 싶지 않을 만큼 각별한 날이니까. 끝도 없이 그윽한 이 마음을 지금 그녀도 알고 있을까요?

혼자가 아닌 나

—아, 차연.

그 한마디에 가슴 울컥 벅차오르네요. 이동전화는 한마디로 기적과 같은 발명품입니다. 이런 순간에는 특히.

—가고 있어요?

—가고 있지요.

—어디?

—지하철 막 탔어요.

—한참 가겠네.

—뭐 하고 있나요.

—그냥. 씻으려고요.

—그렇군요.

—……고마워요 바래다줘서. 다음부터는 그러지 마요.

—고마운 건 난데.

—뭐가 고마운가요.

—그런 게 있어요.

—또 비밀인가요, 나는 몰라도 되는?

—따지지 말고, 내가 할 말이 있어요.

—해요.

—……잘 지내는 거죠?

—우리 이십 분 전에 헤어졌는데.

밤을 질주하는 열차 안. 출입문 옆에 기대어 서서 밤늦은 승객들을 훑어봅니다. 전화기를 뺨과 귓불 사이에 붙이고 손으로 입을 막은 채 빠르게 소곤소곤.

—보고 싶어서 전화했습니다.

—영광입니다 보고 싶어 해줘서.

빨갛게 취해서 꾸벅꾸벅 졸고 있는 군인. 염주를 만지작거리며 중얼중얼, 반백 파마머리 중년 여인. 스마트폰의 TV 드라마에 푹 빠진 청년. 이어폰을 꽂고 어디론가 열심히 문자를 찍어 보내는 소녀. 끊임없이 술 취한 대화를 주고받는 중년 사내들. 한때의 저들 가운데에도 종잇장 같은 사랑에 손가락 베었던 이가 있었겠지. 납득할 수 없도록 버거운 사랑에 허우적대던 이가 있었겠지.

—빨리 평양냉면 먹고 싶다. 수육 반 접시 시켜서 소주 반병. 냉면 육수에 나머지 반병.

—다음 주에 마포 가기로 했잖아요.

—다음 주까지 어떻게 기다리나. 그립다, 냉면.

—들어가세요.

—도착해서 또 전화할게요. 그래도 되죠?

전화를 끊고는 화면에 뜬 내 이름 석 자를 잠깐 바라볼 그녀를 떠올립니다. 질소 포장된 과자봉지처럼 가슴이 부풀어 오르네요. 사랑스러운 N. 내 눈에는 더없이 예쁜 N. 수수하며 참한 N. 나를 비롯한 내 주변 누구보다 똑똑하고 아는 게 많은 N. 그런가 하면 한없이 착하고 겸손하고 너그러운 N. 좋은 여자라는 수식어만큼이나 좋은 사람이라는 표현이 잘 어울리는 N. 완벽하기 그지없는 그녀가 어떤 사람인지 아직 충분히 알지는 못해요. 요컨대 지금 누군가 돌연 내 앞을 가로막고 서서 자신이 나보다 그녀에 대해 더 많이 더 깊이 알고 있노라 주장한다면, 분하지만 그러려니 인정할밖에 없겠지요. 아직 그녀와 함께 누구보다 충분할 정도의 시간을 보낸 것은 아니니까. 하지만 불만스럽지는 않습니다. 그 반대라고 해야겠지요. 사랑에 막 빠진 이인 나로서는 여간 생소하지 않은 생각과 버릇과 취향 등에 조금씩 적응해나가는, 그로서 상대방을 조금씩 알아가는— 적어도 그 같은 착각을 좋은 마음으로 키워가는 일. 이야말로 새로 시작된 사랑이 조금씩 아껴 선물하는 체험의 기쁨임을 잘 알고 있으니까. 오마이갓 당최 이게 얼마 만인가.

외로움을 잘 타는 편은 아니었어요. 20대까지만 해도 분명히 그랬어요. 또 하루 저물어가는 서른 즈음 되어서도 마찬가지. 외로움에의 내성이 누구보다 강한 편이었지요. 어쩌다 여자를 만나고 어쩌다 연애를 하고 어쩌다 멀어지는 일들이 어쩌다 반복되었지만 어쩌다 혼자되었을 때도 외롭다는 생각은 그다지 해본 적이 없었으니까. 이렇게 평생 혼자 살아도 크게 나쁠 것이 없겠다고 믿던 때였으니까. 그런데 불과 얼마 전부터, 30대 중반 접어들면서, 뭔가 달라지더군요. 이따금씩, 비로소 외롭더군요. 외로움이란 이를테면 서러움 아니면 가려움 같은 것이더군요. 제기랄 슬프다 언제부터 이렇게 되었을까. TV를 틀면 영화를 보면 음악을 들으면 온 세상에 사랑이 한가득인데. 거리를 걸으면 마트에 가면 찻집에 앉아 있으면 온 세상 남녀들이 서로 다른 호르몬을 발산하느라 바쁜데. 교복 입은 학생들도 짝이 있어서 다정히 손을 잡고 그놈의 사랑 사랑 타령에 정신이 없는데. 어째서 나는 혼자일까. 어째서 나만 혼자일까. 이러다 나도 K형 꼴 나는 거 아닐까. 가진 것도 갖춘 것도 없이 눈만 높고 취향만 까다로운 동네 아는 K형. 키 작고 유머 감각 최악이며 집안도 직장도 별 볼 일 없는 주제에 만나는 여자마다 뭐가 어쩌고저쩌고 트집을 잡아대는 뻔뻔함 덕분에 그 나이 먹도록 제대로 연애 한 번 해본 적이 없는.

길고 오랜 서러움과 가려움의 터널도 그러나 이제는 지나간 추억일 뿐. 갈수록 비참해지던 이 내 영혼의 구원자를 드디어 만난 것입니다. 사랑이란 축복이 불꽃처럼 내게 쏟아져 내린 것입니다.

하늘만 허락한 사랑

사람이 사람을 처음 만나 호감 또는 비호감을 결정하는, 장차 이 사람을 사랑하기 위해 아까운 칼로리를 소모할 것인가 말 것인가 최초의 결정을 내리는 시간은 평균 사 분 안팎. 누군가를 처음 만나고 사 분 안에 뇌나 심장에 어떠한 대답이 돌아오지 않는다면, 그 사람과 사랑에 빠질 확률 같은 건 구할 필요도 없다는 이야기겠지요. 그런가 하면 누군가에게 처음으로 사랑의 감정을 느끼는— 격정의 가스레인지에 푸른 불꽃이 틱틱

틱틱 점화되는 찰나, 뇌 열두 군데에 거의 동시적인 반응이 일어나며 옥시토신 세로토닌 페닐에틸아민 바소프레신 등 라면 봉투 뒷면에서 본 듯한 화학물질이 순식간에 발산한다고 해요. 뇌의 자극은 신경생장인자(NGF)의 혈액 수치를 급속히 높이며 결국 심장에 두근두근 말캉한 영향을 미치는데, 일련의 과정이 진행되는 시간이 0.2초에 불과하다는 겁니다. 꽁꽁 언 동태로 뒤통수를 내려치듯 첫눈에 빠져드는 사랑. 젖은 손바닥으로 뺨을 후려치듯 단숨에 미치는 사랑. 술집 종업원 그레트헨에게 홀딱 반하고 만 15세 괴테가 그러했지요. 하숙집 딸 우슐라에게 눈이 먼 고흐가 또한 그랬고요. 멀리 갈 필요 없이 제 주위에도 꼭 그런 사람이 있었어요. 바로 동네 아는 형 K. 연신내에서 동네 친구들과 술 먹던 그에게 갑자기 무슨 영감이 찾아왔는지 부랴부랴 일산 성인나이트클럽까지 쫓아갔던 게 작년 11월이었지요. 즉석만남은커녕 밤새 헛수고만 하고는 클럽에서 쫓겨나오니 새벽 세시 반. 근처 감자탕집에서 쓰린 속을 풀던 와중에 옆 테이블의 여자 세 명 가운데 한 사람, 개중에서 가장 못생긴 데다 개중에서 유일하게 유부녀인 L과 그야말로 첫눈에 불타올랐던 사연. 여기요, 한 병 더요! 빈 소주병을 숟가락처럼 흔들며 외치던 여자. 소주 한 잔 홀짝 마셔 쓴 입안에 뜨거운 감자탕 국물 한 숟가락을 떠 넣던 남자. 날벌레와 전기 모기채처럼 허공에 마주치며 따닥 딱 불타올랐던 두 시선. 잘난 것도 없는 주제에 이 여자는 이래서 싫고 저 여자는 저래서 싫다고 유난을 떨던 그는 다만 눈만 병신같이 높은 병신이 아니라 운명 같은 운명을 미처 못 만난 순정남이었던가. 이후 미련 없이 이혼에 성공한 L이 K의 곁에 안착하는 데에는 이후 딱 8개월밖에 걸리지 않았으니, 그날 새벽 일산 화정동의 감자탕집에 비바람 되어 몰아쳤던 옥시토신 세로토닌 페닐에틸아민이 얼마나 지독했는지 짐작하고도 남을 일이겠지요.

N은, N과 나는 달랐습니다. 오히려 그 반대에 가까웠습니다. 첫눈에 반하다니. 경솔하게. 천박스럽게. 애들 장난도 아니고.

2015년 10월, 화요일이던가, N을 처음 만났어요. 축구가 있는 날이었지요. 사장님과 디자인 홍 실장, 관리팀 권 깡패, S출판사에서 놀러 온 남 차장 등과 함께 공덕역으로 가서 해물찜에 소주 한잔 한 것이 시작이었지요. 그러고는 쉬지 않고 마늘통닭이 유명하다는 치킨집으로 몰려간 일곱시 오십분. 벽에 걸린 대형 TV에서 막 축구가 시작하는 중이었지요. 코스타리카와의 국가대표 평가전. 해물찜집에서 이미 잔뜩 취하고 만 사장은 옆자리의 권 깡패와 연신 티격태격 말싸움에 바쁘고, 홍 실장은 남자친구와 사랑싸움을 하는지 싸움사랑을 하는지 연신 들락날락 전화 통화에 바쁘고, 옆 테이블의 목소리 큰 손님들은 경기 시작하자마자 한국 축구는 저래서 안 된다며 바르샤 축구를 보라며 플레잉코치에 바쁘고. 도저히 경기에 집중이 안 되더군요. 권 깡패의 불평과 항변이 커지고, 이에 맞서는 사장의 억지가 도를 넘고, 남 차장은 거기 껴서 우리 회사에서라면 그런 정도야 아무것도 아니라며 양쪽을 한꺼번에 싸잡아 패대기치고, 어느 틈엔가 홍 실장이 냉큼 가방을 챙겨 사라지고, 옆자리의 FC바르셀로나 팬들의 잔소리가 길어지던 전반전 37분 세트피스 상황에서 코스타리카의 멋진 헤딩골이 터져 나왔습니다. 그때 승재의 전화가 걸려왔어요.

—보고 있냐.

—응.

—잘하네 코스타리카.

—브라질월드컵 무패 8강 팀 아니냐.

—어디야.

—홍대.

—술 마시는 거?

—당연하지. 너는.

—마포.

—회사 사람들이랑?

—응.

—어서 와, 택시 타고.

—글쎄다.

—용기 형도 있어.

—둘이 마시는 거야?

—아니.

—택시비 주나?

—좆까.

—옛날에 깠는데.

—어쩌라고.

서교호텔 앞에서 택시를 내려 뒷골목 요리조리 지나 만선수산에 찾아가니 후반 12분이었어요. 그새 한 골을 넣고 또 먹혔는지 그 반대인지 1대 2로 여전히 뒤지는 중. 승재와 용기 형,

용기 형의 고등학교 동창이라는(동양화재인지 동양생명인지에 다닌다는) 누구를 비롯해 모두 아홉 사람이 대형 TV 앞의 테이블 두 곳을 차지하고 있었지요. 용기 형과 승재와 재연을 제외한 네 명은 처음 보는 얼굴들이었으며 개중에 여자는 작년에 유부녀 된 재연을 제외하고 세 명. 왜 아니겠습니까 그곳이 어디건 언제건 어째서건 용기 형 있는 곳이라면 늘 새롭거나 새롭지 않은 여자들이 적어도 한둘 껴 있기 마련이었으니까. 내가 아는 한 세상에서 아는 여자가 가장 많은 인간이 용기 형이었으니까. 그런가 하면 애인은커녕 여자 친구 한 명 없으니 세상에서 가장 영양가 없는 인간이 또한 그였으니까.

"왔냐."

"왔다. 형, 나 왔어요. 재연도 안녕?"

"차연이 오랜만이다."

"하이 선배."

"여기 인사하세요. 차연이라고, 출판사 다니는 친구예요."

수두룩한 술병과 술잔과 전어회, 전어구이, 전어무침 등이 반쯤 거덜 난 접시들 위로 아는 이들과의 인사가, 이어 모르는 이들과의 인사가 어수선히 오고 갔어요. 이렇게 표현하기는 싫지만 N을 처음 만난 것이 바로 그날이었습니다. 후반 24분 미드필더 이승기의 강렬한 동점골이 작렬하던 축구 중계에 정신 팔린 나머지 운명이나 인연 따위 수줍은 단어를 궁리할 겨를조차 없던.

10월 늦은 밤. 전어가 제철인 술집은 갈수록 시끄러워지고 파트릭 모디아노라는 이름의 프랑스인이 노벨문학상 수상작가로 선정되고 결국 축구는 더 이상의 골 장면 없이 2대 2로 종료 휘슬이 울리고 만선횟집을 나와 (나로서는 세 번째로) 자리를 옮긴 곳은 걸어 사 분 거리, 드럼통을 뜯어고친 테이블에 둘러앉아 두툼한 돼지목살을 구워도 먹고 김치찌개에 끓여 먹기도 하는 선술집이었어요. 축구가 끝났으므로 좌중의 대화에 비로소 껴들 마음을 낼 수 있었는데, 그즈음부터는 술 취한 이야기들이 삼삼오오 나뉘고 갈리고 섞이고 뭉개지는 분위기였지요. 축구. 요로결석. 대통령. 〈비정상회담〉이라는 케이블방송 프로그램. 알코올성치매. 산악자전거. 파키스탄 여행. 이를테면 경포대해수욕장 모래알 같은 이야기들이 두서없이 쏟아져 내리는. 어떻게 되는 관계인지 중간에 대화를 놓쳐 확실치 않은데, 그날 모인 이들 가운데 세 명이 지난 7월부터 한 달간 함께한

파키스탄 여행 동반자들이더군요. 돼지목살 김치찌개가 심하게 졸아들 무렵 집이 멀다며 여성 두 명이 먼저 일어서고 대신 용기 형이 회장으로 있는 아마추어 사진동호회의 회원이며 남영동에서 동물병원을 한다는 남자가 찾아들었어요. 동물병원 원장이 3차를 사겠다고 해서, 무엇보다 승재가 보채는 바람에, 80년대 LP음악을 틀어주는 술집까지 끌려간 게 열한시 사십분인가 그랬을 겁니다. 치즈와 육포를 씹으며 병맥주를 네 잔인가 마시고는, 신청한 Ambrosia의 노래가 나오기도 전에 먼저 자리를 떴어요. 한없이 늘어지던 그날 밤, 더 어떤 각별하고 뜻 깊은 사연들이 이어졌는지는 그래서 알지 못합니다. 다시 한 번 이렇게 표현하기는 싫지만, 난생 처음 N을 만났던 날은 그와 같았습니다.

창문 너머 어렴풋이 옛 생각이 나겠지요

코스타리카와의 축구 평가전이 있던 화요일로부터 일주일이 지났습니다. 그리고 또 한 주가 지난, 화요일 아니면 수요일이었을 겁니다. 지랄 같은 식곤증에 정신 못 차리는 오후 두시와 세시 사이. 사무실 책상 앞을 억지로 지키고 앉아 '스스로의 반회의론적인 자신감에 기뻐하며'라는 문장에 넋이 나간 참이었지요. 변역되어 온 독일 저자의 인문학 저서 원고. 이런 식으로 발목이 잡힐 경우 세상의 마음 약한 편집자 대부분 반회의론적인 자신감이 아니라 편집증적인 강박에 시달리게 마련이었어요. 도대체 이게 무슨 소리일까. 보다 간결하게 분명하게 문장을 수정해야 마땅했지만 대체할 표현은 좀처럼 떠오르지 않고, 졸음은 쏟아지고, 번역자는 전화기를 꺼놨는지 통화가 되지 않고, 독일어 원서가 있긴 하지만 무용지물이고. 교정지 한구석에 깊숙이 발목 빠져 오도 가도 못하던 그즈음, 엉뚱한 문장 한 마리가 내 안으로 꼬물꼬물 기어들었어요. 아니 머릿속 깊은 곳에서 자박자박 걸어 나왔어요. 문장이라기보다는 대사라고 하는 편이 정확하겠지요. 전, 어, 전어라고 합니다. 하염없이 마우스를 조몰락거리던 손의 움직임이 일순 멈추었어요. 의자 등받이로부터 허리를 펴고 앉으며 고개를 갸웃. 슬그머니 물러서는 졸음.

누구더라. 누군가 그렇게 말했는데. 불과 얼마 전에 그런 일이 있었는데.

그게 누구였지? 그게 어떤 상황이었지? 그게 언제였지?

반회의론 따위는 저 멀리 잊은 채 예의 대사에 얽힌 기억을 되살려보고자 노력했어요. 누구더라 내 주변 사람들 가운데 그 따위 농담을 할 만한 이가. 잡힐 듯 아슬아슬, 기억의 실마리는 끝내 손끝에 걸리지 않았어요. 기억을 되살리고자 골몰하면 할수록 기억 속 희미한 얼굴과 목소리는 점점 더 옅어지고, 나중에는 그게 진짜로 있었던 일 맞나 자신이 없어지고. 답답하고 안타까운 노릇이었지만 시간 가며 예의 답답함도 안타까움도 더 이상 나의 관심을 끌지 못하게 되었지요.

그리고 이틀 뒤. 목요일. 아니면 금요일.

퇴근하고 귀가해 씻고 먹고 치우고 잠들기 전까지의 그렇고 그런 시간들. 냉장고에서 그렇고 그런 반찬들을 꺼내어 그렇고 그런 저녁식사를 하고 그렇고 그런 설거지를 끝마친 뒤 거실에 혼자 앉아 리모컨으로 그렇고 그런 TV 채널들을 돌려대고. 케이블방송에서 〈위대한 개츠비〉를 해주더군요. 추리닝 바지에 손을 넣고 사타구니를 주물럭거리며 그렇고 그런 심드렁함으로 영화를 지켜보다가, 중간 CF가 이어지기에 화장실에 가 오줌을 눴습니다. 그러고는 TV 앞에 돌아가기에 앞서, 딱히 뭘 먹거나 마시겠다는 생각도 없이, 일없이 냉장고 문을 열어 그렇고 그런 구석을 한 차례 살피고 돌아서던, 바로 그 순간이어요. 어떤 해답이, 이틀 전에는 끝내 기억해낼 수 없었던 기억에의 기억이 성가신 알람 소리처럼 내 몸 어딘가를 날카롭게 관통하고 만 것은. 전, 어, 전어라고 합니다. 그렇게 말하던 사람이, 그렇게 스쳐갔던 대사가, 그렇게 어물쩍 스쳐 지나갔던 장면이, 십 분 전 일처럼 희번하게 머릿속을 밝혔던 것입니다.

그래. 그 사람. 코스타리카와의 축구 평가전이 있던 날 저녁, 전반전이 아니라 후반전, 마포 아니라 홍대로 건너가서 만난 사람들. 그 가운데 한 명. 대형 TV를 중심으로 내 뒤의 뒷자리에 앉아 있던 사람. 경기 종료를 알리는 심판 휘슬이 길게 이어지고 승재와 용기 형의 비교적 중립적인 관전평이 두서없이 오고 가던 즈음, 누군가 수선스럽지도 과하지도 않게 중얼거렸던 것입니다. 한창 소란하던 와중에 그 목소리만이 어째 그리도 선명하게 귓가를 밝혔던 것일까.

나에게 애인이 있다면

"전어는 참 겸손한 것 같아요. 전, 어, 전어라고 합니다."

바람 바람 바람

등 뒤를 돌아봤어요. 내 뒤에 사람이 있다는 것을 그때 처음 깨달은 것처럼. 천하에 태평한, 요컨대 좌중의 관심을 끌어보려는 의욕과는 거리가 먼 얼굴이 거기 있었어요. 엉뚱생뚱 실없는 소리가 왜 갑자기 튀어나왔는지 어째서 그래야 했는지 전후 사정은 알 길이 없었지요. 알았다 하더라도 상황은 크게 다르지 않았을 겁니다. 뭐라고요? 누군가 피식 웃었습니다. 누군가 어리둥절 고개를 갸웃거렸습니다. 또 누군가는 너무 재미없는 농담이라고 투덜거렸습니다. 사람들의 시선이 하나둘 모여들자, 이런 상황을 바란 것은 아니라는 듯, 여자가 슬그머니 일어섰어요. 머쓱한 얼굴. 전, 어어. 술 취한 인간들 가득한 테이블과 테이블을 지나 화장실 쪽 모퉁이로 사라지는 그녀를, 그 뒷모습을, 보이지 않을 때까지 지켜보았습니다. 검은 청바지. 하늘색 면 재킷. 파마 풀려가는 단발머리. 그래, 그 여자였어.

그 여자. 그런데 누구지?

—몰라. 기억 안 나.

—용기 형이랑 같이 보던 날 말이야.

—그 형 데려오는 여자들이 한두 명이냐.

—술 마시냐?

—당연하지.

—생각 좀 해봐. 우리랑 같은 나이였어. 아니다, 학번은 같은데 한 살 많다고 했던가.

—누구 말하는지 모르겠네.

—그날 여자가 전부 네 명이었던가? 다섯 명?

—그걸 씨발 어떻게 기억하냐. 오고 가고 들락날락 정신이 없는데.

—아, 참.

—남용기한테 전화해봐. 요새 탈북 여성을 만나네 어쩌네 바쁘던데.

—그래야겠다.

승재에 이어 용기 선배와도 통화를 했지만 역시나 결과는 비슷했어요.

—글쎄다.

—코스타리카랑 경기하던 날 말예요. 후반전에 2대 1로 지다가 나 온 다음에 동점골 터지고.

—그야 기억나지. 이승기 중거리 슛. 그런데 그날 온 여자들

이라고는 재연이랑 은화 둘밖에 모르겠는데.

—미치겠네. 정말 누군지 몰라요?

—모르는 게 아니라 기억이 안 나.

—키는 165정도 되고. 눈이 크고, 잘 웃고.

—이름이 뭔데.

—몰라요.

—너도 참 답답하다. 인사를 나눴을 거 아닌가.

—글쎄요. 그랬겠지?

—하여간 나는 몰라. 모르는 게 아니라 기억이 안 나. 눈이 작고 잘 웃지 않는 여자라도 마찬가지야.

가능성은 두 가지겠지요. 그날 그 자리의 여자를 용기 형과 승재 모두 기억 못하고 있거나, 여자에 관한 내 기억이 잘못되었거나. 빌어먹을 도대체 뭐가 문제란 말인가. 술만 들어가면 바로 전날 귀갓길의 기억조차 가물거리는 경우가 다반사인데 도대체 삼 주 전이라니. 바람처럼 먼지처럼 스쳐간 사람 가운데 한 명, 그 여자를 왜? 왜 갑자기?

가까이 하기엔 너무 먼 당신

—이게 맞는지는 나도 몰라.

승재에게 전화가 걸려 온 것은 다음 날 점심, 사람 많은 순댓국밥집에 들어가 막 주문을 마친 즈음이었어요.

—생각이 나서 지갑을 뒤졌는데 모르는 명함이 한 장 나오잖아. 코스타리카전 때 받은 거 같아.

—아, 그 여자?

—모르겠어. 그런 것 같아. 아닐지도 모르고.

—확실한 건 뭐냐.

—내 손에 명함이 있다는 사실이지. 누구 건지 모를 명함이.

—얼씨구.

—전화 걸어봐. 걸어서 확인해보면 되잖아.

—뭐라고 확인을.

—나 기억하시느냐. 저번에 봤던 사람이다. 이제야 전화 드리지만 전어 그 이야기, 생각할수록 인상적이더라.

—글쎄다…….

—관두던지.

—밥 먹고 있어. 나중에 전화할게.

그쯤에서 전화를 끊고 말았습니다. 때마침 바글바글 끓는 순댓국 뚝배기며 밥주발이며 풋고추와 김치 그릇 따위가 정신없이 놓이고 맞은편에 앉은 직원이 수저통에서 숟가락 젓가락을 꺼내서 건네는 중이었거든요.

여전히 아름다운지

생애 첫 번째 전화 통화와 생애 두 번째 만남은, 그녀는 어떨지 모르겠지만 내 경우는, 그것이 첫 번째나 두 번째라고 생각하기 힘들 만큼 자연스러웠습니다. 적어도 부자연스럽지 않았습니다.

무작정 전화를 걸었어요. 내 소개를 어떻게 할 것인지 느닷없는 전화에 석연치 않은 반응이 돌아올 경우 어떤 식으로 대처해야 할지 등등의 통화 알고리즘에 대해서는 미처 연구할 새가 없었다기보다 왠지 그러기 싫었어요. 고맙게도 N은 비교적 순순히 나를 기억해주었어요. 더불어 언제 같이 한번 저녁이나 하자는 토 나오도록 상투적인 제안에도 흔쾌히 응해주었습니다. 적어도 불쾌히 응하지 않아주었습니다.

저녁 일곱시에 인사동 초입 금강제화에서 만나 열시 사십분쯤 안국역 6번 출구 계단 앞에서 헤어지기까지, 세 시간 사십분의 만남 역시도 사귄 지 1,250일쯤 되는 연인들의 시간들만큼이나 자연스러웠습니다. 적어도 부자연스럽지 않았습니다. 아무거나 상관없다는, 뭐든 잘 먹는다는 그녀의 의사를 존중해 울긋불긋 등산복 아저씨들 가득한 밥집을 감히 선택할 수 있었어요. 왜 그랬을까 소란한 속에서 밥상을 가운데 두고 마주 앉아 빨간 생선찌개 바글바글 끓이며 기사식당 스타일의 무생채와 어묵볶음 같은 밑반찬에 소주를 마시고 있자니 자꾸만 기분이 좋아지더군요. 함께 있는 사람을 한없이 편하게 만들어주는 그녀만의 그녀다움 가운데 한 가지 덕분임을, 그때만 해도 미처 깨닫지 못했지요.

"그 말 웃겼어요."

"어떤 말?"

"전어."

그쯤에서 새삼 깨달은 바가 있었으니 서교호텔 뒤 만선수선에서의 그녀에 대해, 드럼통 돼지목살 김치찌개집에서의 그녀에 대해, 1980년대 록음악 시끄럽던 Doors에서의 그녀에 대해 이렇다 할 기억(속의 장면)이 없다는 점이었어요. 단 하나 전어에 관한 이상한 농담을 제외한다면. 다시 말해 그 한 장면을 제외하고는, 만선수산과 드럼통 김치찌개집과 Doors에서 함께 했던 그녀의 어떠한 모습도 기억할 수 없더라는 것.

"웃겼다기보다, 묘하게 기억에 남더군요. 무슨 경구나 화두처럼."

"내가 뭐라고 했다고요?"

"전어는 참 겸손한 것 같아요. 전, 어, 전어라고 합니다."

"내가 그런 말을?"

"기억 안 나나요."

"전혀요."

"어라."

"취했었나? 그건 아닌데."

내가 기억하는 그녀는 누구일까. 지금 함께 퍼질러 앉아 동태찌개 국물을 떠먹는 그녀는 누구일까. 이 어수선한 밥집에의 기억 속에 남겨질 그녀는 누구일까. 소주 한 병씩 비우고 나와 쌈지길까지 슬렁슬렁 걷다가, 거리의 외국인 악사 두 명이 현악기로 연주하는 재즈 공연을 사람들 속에 섞여 십이 분 정도 구경했어요. 이어 1,250일 동안 인사동만 쏘다닌 연인들처럼 별궁리도 고민도 없이 자연스럽게 경인미술관에 찾아갔지요. 그러고는 정원 딸린 찻집에 편히 자리 잡고는 인절미와 수정과를 먹고 마셨습니다. 코스타리카와의 축구 평가전이 있던 저녁 만선수산에 합류했던 인연에 대해 나는 묻지 않고 그녀도 밝히지 않았어요. 요컨대 용기 형과 승재 가운데 누구와 어떻게 아는 사이인지 등등에 대해서. 돌이켜보면 참 다행이었지요, 훗날 별처럼 기억될 처음 만남을 그따위 쓸데없는 대사로 흐트러뜨리지 않았던 일은. 바람 차고 달빛 뽀얀 밤이었어요. 천천히 걸어 안국역 6번 출구 앞에 다다랐어요. 다시 만날 약속이나 그 비슷한 절차에 대해서는 미처 고민해볼 새도 없이 그렇게 만났고 그렇게 헤어지는 중이었지요. 비교적 양호하게. 감정의 검소함을 잃지 않은 채. 그때까지만 해도 미처 몰랐거든요. 끝이 아님을. 끝이 아니라 시작임을.

환상 속의 그대

"갈게요."

"가세요."

"재미있었어요 오늘."

"뭐가요?"

"그냥요."

"그냥이라."

"그냥, 인사말이에요."

"아하."

"사실은 기억나요."

"뭐가요?"

"전어."

"그럼 그렇지."

"말해놓고는 얼마나 후회했는데요. 뭐지 이거. 웃기지도 않고."

"웃겼다니까요."

"그럴 리가."

"말이란 게 꼭 웃겨서 웃기는 게 아니잖아요."

"병신 같아서 웃겼나요."

"그거, 즉석에서 생각한 말이에요?"

"그런 거 같아요. 반 토막 난 전어구이를 내려다보고 있는데, 전어가 갑자기 말을 건네는 거예요. 전, 어……."

"시인이군요."

"하여튼 고마워요."

"뭘요?"

"쓸데없는 걸 다시 기억하게 해줘서."

어느 누구를 사랑한다는 건 미친 짓이야

N을 다시 만난 것은 11월 첫 수요일. 처음이 그러했듯 그날 역시 축구 덕분이었어요. 국가대표가 아니라 K리그 경기라는 게 다르다면 달랐지요. 상하위 스플릿리그를 앞둔 K리그 클래식 정규리그의 마지막 33라운드가 펼쳐지는 주중 리그 데이.* 그리고 그날, 하필이면 그날, 정말이지 최악의 몸 상태였어요. 큰 병에 걸리고 만 것입니다. 병 중의 병. 죽음에 이르는 병. 술병.

전날 외박을 했어요. 고등학교 동창 집에서 술을 마셨지요. 달리 각별한 이유가 있어서는 아니었어요. 20대 시절의 버릇이 재수 없이 도졌다고나 할까. 동창도 나처럼 혼자 사는 놈이었거든요. 이제는 혼자 사는 거 지겨워 죽겠다고 징징거리기에 그러면 요양원에서 아버지 모셔 와서 같이 살라고 충고했다가 쌍욕을 들었는데 그게 술맛을 제법 돋우더군요. 30대 중반. 몸은 하루하루 달라지는데 더러운 술버릇만은 달라질 줄을 몰라서, 다음 날 온종일 죽어지낼 줄 알면서도 겁도 없이 밤새워 소주를 마시고 맥주를 마시고 편의점을 들락거리며 그예 새벽을 맞이했던 겁니다.

다음 날 열시. 전날 입은 옷차림 그대로 부스스 지각 출근. 구

* 대한민국 축구의 근간 K리그는 1부 리그인 K리그 클래식과 2부 리그인 K리그 챌린지 간의 승강제가 운영되는데, 이를 위해 2015년 현재 1부 클래식리그는 스플릿제도를 도입하고 있다. 정규 33라운드까지 마친 뒤, 모두 12개 팀이 성적에 따라 상위 6개 팀과 하위 6개 팀으로 나뉘어 각각 5경기씩을 더 치르는데 이것이 이른바 스플릿리그다. 팀마다 한 경기씩 더 붙는 셈이다. 그렇게 스플릿라운드까지 다 치르고 나면 팀들의 운명이 비로소 제대로 갈린다. 그간의 승점계산에 따라 상위 스플릿에서는 1위를 차지한 팀이 리그 우승을 차지하며 3위까지는 다음 해 ACL(아시아챔피언스리그)에 출전할 자격이 주어진다. 한편 하위 스플릿 라운드 결과, 꼴찌인 6위 팀은 자동으로 강등되어 다음 해부터 K리그 챌린지리그에서 뛰게 되며 5위 팀은 12월경 그해 K리그 챌린지리그의 2위 팀과 승강 티켓 한 장을 놓고 박 터지는 홈앤어웨이 두 경기를 치러야 하는 것이다.

석 자리에 앉은 권 깡패가 쳐다보지도 않고 투덜거리더군요. 또 날밤 까셨습니까, 아오 술 냄새.

아는 분은 아시겠지만 이런 날은, 적어도 해 질 무렵까지는, 매순간순간 살아 숨 쉬는 것 자체가 시련이자 고역이지요. 재수생처럼 책상에 엎어져 있다가 사장에게 한 소리 듣기도 했으며, 점심시간에는 설렁탕을 반도 넘게 남기고는 여지없이 토해내고 말았어요. 오늘이 벌써 수요일인가? 누군가 그렇게 말하는 것을 들으며, 그 와중에도 아득히 떠오르는 것이 있었지요. K리그 있는 날이구나.

—축구 좋아하시던데.

—아, 뭐.

—K리그도 보세요?

—없으면 못 살죠. 사실은 대표팀 경기보다 K리그가 더 좋아요.

—좋아하는 팀 있나요.

—FC서울 연간회원권 갖고 있어요. 성남도 좋아하고 인천도 좋아하고. 수원도 좋아하고.

—수원도 좋아하고 서울도 좋아한다니, 드문 분이시네.

바람 차고 달빛 뽀얗던 인사동 경인미술관 찻집, 인절미를 우물거리며 주고받은 이야기였어요. K리그 클래식 12개 팀이 어디어디인지는 물론 요즘 잘 나가는 상위 4개 팀의 순위까지를, 작년도 득점왕이 올해 어느 팀으로 이적했는지까지를 비교적 정확하게 알고 있더군요.

—K리그 꽤 아시네?

—기본적인 정도는.

—축구장 가본 적 있나요.

—아직요.

—언제 같이 한번 가시죠.

—좋지요. 아챔도 그렇게 재미있다던데.

—아무래도 국가 대항전 성격이 있으니까요. 상금도 세고. ……가만있자. 다음 주 수요일에도 K리그 주중 경기가 있거든요. 상암동 홈경기.

—어디랑 하나요?

—부산아이파크.

—윤성효 감독이네. 재미있겠다.

—물론이지요.

—FC서울도 이번에 아챔 나갔죠?

—예, 성적은 좋지 않지만.

—마저 드세요 이거.

—배부른데.

하나 남은 인절미를 마지막으로 대화는 흐지부지 마무리되었지요. 돌이켜보니 그만큼 애매한 노릇이 또 없더군요. 말하자면 수요일 FC서울의 정규리그 마지막 홈경기를, 그녀와 함께 보기로 잠정적으로나마 약속을 했던 것인가? 아니면 11월에 부는 5월 바람처럼 살랑 스쳐 지나간 말이었던가? 문제는 숨을 쉴 때마다 진하고 달큼한 홍시 냄새가 폴폴 풍기는, 여전한 내 몸 상태였습니다. 아무리 축구에 미치고 환장했다지만 오늘은 아니야. 얼어 죽을 축구 좋아하시네, 여섯시 딸깍 넘으면 좀비처럼 우워어어 집으로 달려가야지. 납작 드러누워 다음날 아침 일곱시 십오분까지 몸도 뒤척이지 말아야지. 그럼에도 머릿속은 여전히 복잡했어요. 그녀와의 약속은 어찌할 것인가. 아니, 그녀와의 약속이라는 게 존재하기는 하는 것일까.

결국은 나 아닌 그녀에게 달린 문제였습니다. 오늘의 K리그를 그녀는 기억하고 있을까. 저녁 일곱시 상암동 월드컵경기장에서의 약속을 내심 기대하는 중 아닐까. 아니, 축구건 나란 존재건 처음부터 지금까지 안중에도 없었던 것 아닐까. 나 혼자 추측 판단으로 결정할 성질의 문제가 아니었지요. 언제 같이 한번 저녁이나 하시죠. 언제 축구장이나 한번 같이 가시죠. 빌어먹을, 그따위 표현은 세상에서 씨를 말려버려야 해.

고심 끝에 휴대폰에서 그녀의 번호를 찾았어요. 어쩔 수 없어서, 그냥 넘어가려니 그 찜찜함을 참을 수 없어 그렇게 할 뿐이었지요. 그리하여 다만 안부 인사를 건네듯, 오늘의 축구 약속인지 뭔지에 대해 어떤 입장에 서 있는지 눈치를 엿볼 심산이었지요. 축구고 농구고 생판 기억에 없기를 애오라지 바라며.

—안녕하셨어요.

—그럭저럭요. 통화 괜찮으세요?

—괜찮아요. 오늘 축구장 같이 가기로 했죠? 33라운드 주중 경기.

이건 정말이지, 전화 안 했더라면 큰일 났을 노릇 아니겠습니까.

사랑은 아무나 하나

일곱시 정각에 상암동 서울월드컵경기장 2번 게이트 앞에서 그녀를 만났어요. 그 시간쯤 되니 종일 죽을 것 같던 숙취는 조금 가라앉은 듯도 했는데, 이번에는 몸살이 오려는지 으슬으슬 떨리고 춥더군요. E석 입장권을 내가 끊어주고, 그녀가 경기장 안 매점에서 치킨과 캔맥주를 샀지요. 경기가 막 시작되고, 골대 뒤쪽 관중석에 모여선 FC서울 서포터들이 박자 맞추어 힘차게 구호를 외치고 응원가를 부르며 분위기를 달구었어요. 그라운드 위 선수들의 움직임보다 N석의 응원에 더 관심을 보이더군요.

"멋지다. 저 사람들이 수호신인가?"

"맞아요."

"5천 명도 넘을 것 같네."

"그쯤 되겠지요."

"저기 가서 응원한 적 있나요."

"두 번 정도? 힘들어요. 쉴 새 없이 저렇게 뛰어줘야 해요. 구십 분 동안."

"아, 맥주 맛있다. 왜 안 드시나요."

"먹고 있습니다."

치킨도 맥주도 아직은 들어갈 형편이 아니었지만 하는 수 없이 몇 입을 깨작거렸습니다. 속이 알아서 기막히게 반응하더군요.

"……잠깐만요."

화장실에 달려가, 이제는 나올 게 멀건 국물밖에 없는 것을 다시 토해내야 했지요. 눈물이 찔끔 나왔어요. 지겹구나. 이제 다시는 술 안 먹을 거야. 당분간은 술잔 근처에도 안 갈 거야. 당분간이 언제까지일지는 잘 모르겠지만 꼭 그럴 거야. 자리에 돌아와 앉을 즈음 한바탕 함성이 터져 나왔어요. 최종수비수 두 명의 오프사이드라인을 절묘하게 뚫으며 윤일록의 땅볼 패스를 받은 정조국이 강력한 오른발 슛을 날렸고, 골키퍼를 비켜간 공이 골포스트와 크로스바가 만나는 모서리를 세차게 때리고는 관중석으로 넘어간 것입니다. 골대 흔들리는 게 보일 만큼 엄청난 슛이었지요. 아이고 아깝다! 한 손에 맥주 남실거리는 종이컵을, 한 손에 주먹만 한 닭 조각을 들고 있던 그녀가 벌떡 일어섰어요. 그 바람에 맥주 거품이 내 바지를 찰박 적시고 말았지요.

"어머나 어떻게 해."

"괜찮아요."

"잠깐만요."

핸드백에서 일회용 티슈를 꺼내 사정없이 허벅지를 눌러 닦더군요. 간지럽게.

"별로 안 젖었어요."

"우아, 그게 안 들어가나. 완전 멋진 골이 나올 뻔했는데."

그래도 다행이구나. 안 데려왔으면 어쩔 뻔했어. 이렇게 좋아하는걸.

"저기, 괜찮으세요?"

"아유 그럼요."

"그게 아니라, 정말 괜찮으시냐고."

"뭐가요."

"얼굴 되게 안 좋아 보여요. 아까부터."

"……그래요?"

"속이 안 좋은 거 아니에요? 혹시 술탈 나신 거?"

엄청난 직감 아니겠습니까.

"그걸 어떻게……."

"술 좋아하시는 분이 맥주를 겨우 한 모금씩 찔끔거리고."

"실은 그것도 막 토하고 오는 참입니다."

"세상에, 도대체 얼마나 마셨기에."

"밤 새웠지요. 스무 살 애들처럼."

"스무 살 애들 아니잖아요."

"그러게요."

삐익. 심판의 호각이 길게 울며 경기가 잠시 중단되고, 관중석에서 다시금 환호가 쏟아졌어요. 그라운드 위의 서울 선수들은 서로 손을 마주 부딪치며 좋아하고 부산 선수들이 심판에게 달려가 뭔가 강력하게 항의하는 분위기. 페널티킥이 선언된 것입니다.

"그럼 전화로 말씀을 하지 그랬어요."

"무슨 말씀을."

"몸도 안 좋다면서. 축구, 오늘 안 봐도 괜찮았는데."

"에이, 한번 약속한 것을 어떻게 미루나요."

"그래도."

"괜찮아요. 이 정도는(얼씨구?)."

서울 선수 한 명이 패널티스폿에 조심히 공을 내려놓고는 두어 걸음 물러섰습니다. 콜롬비아 특급용병 몰리나. 경기장 안에 일순 정적이 차오르고, 삑, 심판의 호각 소리에 이어 몰리나의 발을 떠난 공이 힘차게 허공을 가르고, 여기저기서 찢어지는 탄성이 쏟아졌습니다. 왼쪽 골포스트를 때린 공이 엔드라인 밖으로 데굴데굴 굴러가고 말았던 것입니다. 고개 숙인 몰리나와 반대로 환호하는 부산 선수들.

"아이고 젠장."

그녀가 투덜거렸어요.

"골 구경하기 정말 힘드네."

"흐흐."

"손 줘봐요."

"예?"

"손."

"왜……."

내 왼손을 덥석 끌어당기더니 손바닥을 이리저리 주물러대더군요. 양 엄지로 손바닥 가운데를 꾹꾹, 작은 원을 그려가면서 꾹꾹 꾹꾹.

"지금 뭐 하는 건가요."

"숙취 해소 마사지."

"뭐 좀 알고 하는 거예요?"

"대강요. 여기가 수심이라는 데거든요. 손바닥으로 물을 뜰 때 오목하게 고이는 부분. 여기가 혈이에요. 이렇게 자극을 해주면 하면 속이 편해지고 간의 해독 작용을 돕는대요."

"이런 건 어디서 배웠나요."

"인터넷에서."

"고마워요. 이제 됐어요."

"가만히 있어봐요."

"내가 할게요."

"안마는 다른 사람이 해줘야 효과가 있다고요. 기가 오락가락 통하는 거니까."

양 팀 득점 없이 전반전이 끝날 때까지 모두 세 차례에 걸쳐 진심으로 사양했지만, 시종 뜻을 굽히지 않고 내 양 손바닥의 수심인지를 혈인지를 연신 누르고 문질러댔어요. 길고 부드럽고 따뜻한 손가락. 뜻밖에 악력이 만만치 않더군요. 내내 불편하고 속 간지럽고 기분 야릇했어요. 누군가 나를 위해 내 손을 잡아 주물러대는 게 그렇게나 불편하고 간지럽고 야릇한 일인지 예전에는 미처 몰랐지요. 과연 그녀의 기가 손가락과 손바닥을 타고 오락가락 전해졌는지 아니면 내내 불편하고 간지럽고 야릇해서인지, 지긋지긋한 숙취도 몸살 기운도 슬그머니 사라지는 것 같더군요.

기다리던 첫 골은 후반 21분 FC서울의 윙어 고요한의 발끝에서 나왔습니다. 오프사이드라인을 뚫으며 최종수비수 뒤쪽 공간 깊숙이 침투, 라인 끝까지 공을 몰고 가다가 중앙으로 돌려주는 이른바 컷백 패스, 수비 두 명을 달고 몸싸움을 이겨낸 정조국의 깨끗하고 강력한 마무리. 부산 골키퍼 이범영이 팔을 쭉 뻗으며 다이빙해봤지만 여지없이 골 망이 흔들리고, 선제골을 축하하는 폭죽이 펑펑 터져 올랐어요. 환호하는 사람들 속에서 그녀도 일어나 콩콩 뛰며 박수를 쳤습니다.

"오, 드디어!"

그 환한 웃음 덕에 나 역시 웃을 수 있었지요.

"멋지다. 1993년 UEFA컵 결승전에서 밀라노의 미드필더 사무엘 탄젠토리가 넣은 결승골 장면이랑 완전 똑같네."

"……뭐라고요?"

"그런 게 있어요."

"엄청난 분이네. 그런 걸 죄다 외우고 다니나요."

"설마요. 히히."

"유럽축구 전문가예요? 그런 거 따로 공부해요?"

"내가 기억력이 좀 이상하게 좋아서요."

어쩌면 나보다 축구에 대해 아는 게 훨씬 더 많을지도 모를 그녀를, 그 얼굴을, 비로소 그 순간 처음으로 바라보았어요. 이상한 소리 같지만 누군가 내 곁에 함께 있으며 그게 다름 아닌 그녀라는 사실을 비로소 그 순간 처음으로 실감할 수 있었어요. 그 환한 얼굴. 그 환한 머리칼. 그 환한 이마. 그 환한 목덜미. 닮았어. 누군가 닮았어. 그게 누구더라? 어디 보자. 1990년대 청순의 대명사, 〈8월의 크리스마스〉의 S를 닮은 이마와 눈썹. 1970년대를 주름잡던 여배우 트로이카 가운데 한 명 J를 닮은 턱선. "너나 잘하세요." 상냥하게 속삭이던 청순가련 L을 닮은 피부. 서울대학교 출신 살아 있는 여신 K를 닮은 입술 곡선. 한국의 올리비아 핫세로 불리던 H를 닮은 콧날. 긴 생머리 〈엽기적인 그녀〉 CF퀸 J를 닮은 미소. 그런데 참 이상한 일이지요. S와 J와 L과 K와 H와 J의 그녀와 꼭 닮은 부분들을 머릿속에서 한데 모아 조합해보면 그녀와는 전혀 다른, 세상 누구와도 같지 않은, 성형수술에 일곱 번 정도 실패한 이의 얼굴이 되고 마는 것은.

넌 감동이었어

—출판사?

—응.

—뭐 하나.

—일하지.

—원규네서 잤다며.

—화요일인가.

—내일 뭐 하냐. 낮술 먹자.

—술 끊었는데.

—매친 새끼.

—…….

—나 생일이라서.

—아 그러냐?

—신촌으로 두시까지 나와. 장호 록제 승철이 다 올 거야.

—나 선약 있어.

—무슨 선약.

—몰라도 돼.

—여자 생겼냐.

—그런 건 아니고.

—가만있자. 저번에 나한테 물어보던, 혹시 그 여자 아냐?

—…….

—맞지? 맞네. 으어 동작 한번 빠르다. 이쁘냐? 그 얼굴 기억 도 안 나네.

—하여간 내일은 안 돼. 나중에 술 살게.

—잤냐?

—두 번 만났다 두 번.

—너 두 번 만난 여자랑 잘 자잖아.

—…….

—데리고 와 같이 보자.

—그런 사이 아냐.

—얼씨구 매친 새끼가.

—나중에 봐. 전화할게.

난 아직 모르잖아요

네 번째 만남의 주제는, 굳이 꼽자면, 삼각지 대구탕이었습니다. 홈팀의 2대 0 승리로 끝이 난 FC서울과 부산아이파크와의 K리그 33라운드 경기. 신이 난 수호신들의 장외 서포팅을 구경하며 사람들 사이에 섞여 지하철 역사로 걸음을 옮기던 즈음이었지요, 예의 주제어가 우리 앞에 덜컥 제시된 것은.

"속 좀 어때요?"

"많이 나아졌어요. 덕분에."

"당분간 술 안 드시겠네."

"그래야죠. 스무 살이 아니니까."

"스무 살 아니라서 다행이네. 배 안 고파요?"

"그런 것도 같고."

종이 박스 안에 가득하던 닭튀김을 그녀는 네 조각인가 집어먹었고 나는 한 조각을 깨작거리다가 남겼을 뿐이니.

"이럴 땐 뜨끈한 국물로 해장을 해줘야 하는데."

"좋지요 국물. 아 그립다."

"동태찌개? 저번에 인사동에서 먹었던?"

"그것도 좋지만 삼각지가 최고죠."

"삼각지에 뭐가 있나요."

"대구탕 골목."

"오."

"으아아 삼각지 원대구탕. 예전에 그 동네 진짜 많이 갔었는데."

밤 아홉시가 막 넘은 시간. 멀리 수호신들의 힘찬 북소리가 들려오고 손바닥 한가운데가 몹시 간지러웠어요. 전반전 내내 그녀에게서 지압을 받았던 그 언저리가.

"지금 먹으러 갈까요."

"……삼각지 대구탕?"

"해장해야죠."

"글쎄요. 너무 늦은 거 아닌가?"

너무 늦어서 곤란하다는 건지 너무 늦었지만 그래도 정 간절하다면 괜찮을 것도 같다는 말인지, 이런 거 즉석에서 해석해 주는 앱 누가 개발 안 하나요? 당분간 술 안 마시겠다는 맹세로부터 채 삼 분도 지나지 않아서 내가 나섰어요.

"오늘은 좀 그렇고, 토요일에 시간 어때요? 대구탕에 소주 한 잔."

11월 두 번째 토요일. 삼각지 대구탕을 핑계로 삼각지가 아니라 광화문 시네큐브에서 만나, 1993년도에 개봉했다가 20여 년 만에 감독판으로 재개봉하는 미국 영화를 한 편 보고, 아, 그 전에 매표창구 옆 카페에서 카페라테를 두 잔 주문했어요. 영화관 입장을 기다리며 커피를 호로록거리다 보니 느닷없는 감회 같은 것이 울컥 찾아들더군요. 주말의 영화관이라. 영화관의 카페라테라. 한 잔 아닌 두 잔이라. 거참 오랜만이구나. 연애할 때 이 짓 많이 했었지. 비슷한 장면이 열 번은 넘을 거야. 못해도 스무 번은 될 거야. 그런데 마지막이 언제였더라?

골목 제일 안쪽에 위치한 원대구탕. 빈자리가 없도록 붐비더군요. 종업원 아줌마를 불러 뭘 주문하는 일이 만만치 않을 정도였지요. 구석자리 비좁은 2인 식탁을 차지하고 앉아 맑은 대구탕 2인분과 빨간 소주를 주문했어요. 탁자마다 바글바글 냄비가 끓어오르고 골목으로 난 창문마다 뽀얗게 습기가 차고 여기저기 술기운 올라 시끄러운 목소리들. 잘 모르는, 그다지 가깝다고는 아직 말하기 어려운 여자와 함께 저녁 시간을 보내기에는 여러모로 미흡한 자리. 그런 면에서 지난번 인사동에 비해 더 하면 더 했지 모자랄 것이 없어 슬그머니 미안해지는. 그러나 역시 N은 불평불만을 모르는 사람이었어요.

"국물 완전 시원하다."

"괜찮아요?"

"맛있어요. 사람 많은 이유가 있네."

"너무 시끄럽죠?"

"좋잖아요 정신없고."

"한잔 빱시다."

"그럽시다."

"식초 좀 더 넣을까요?"

"좋지요."

장장 나흘(수요일까지 쳐서)의 길고 긴 금주를 끝내고 처음 입에 대는 술이었습니다. 미나리 잔뜩 들어간 맑은 대구탕의, 식초를 조금 넣어서 더욱 깊고 개운해진 국물 역시 기대했던 대로였고요. 그런데 이상한 일이야. 도대체 뭐가 문제였을까. 식초가 식초 아니라 빙초산이었을까. 뭔가 묘하게 뒤틀어지는 중이었어요. 내 안의 어떤 구석이, 알게 모르게 조금씩 심통을 부리고 청승을 떨어대는. 어째서일까 느닷없이 떠오르는 얼굴들. 여자들. 지난 여자들. 지난 시간 속의 이름들.

"여기요! 이모!"

주방 쪽을 향해 외치다 못해 팔랑팔랑 손을 흔드는 그녀, 식당 아주머니에게 이모라는 호칭을 언제부터 사용했을까.

"소주 한 병 더요!"

선희. 지민. 주영. 제니. 채환. 민조. 그리고…… 걔 이름이 뭐였더라. 참 오랜만에 떠올려보는 얼굴들. 한때는 목숨만큼 소중했던 이름들. 다시 오지 않아 더욱 애틋한 연애의 시간들. 지민이가 여기 대구탕 좋아했는데. 주영과도 여기 한 번 왔었는데. 아, 주영이 아니라 채환이던가. 누군가를 앞에 두고 다른 누군가들 생각에 머릿속 복잡해지다니 거참 난감한 노릇이로군. 술 때문이야. 나흘 만에 취한 때문이야. 아니면 용기 선배 입버릇처럼 정충이 심하게 차서그래.

빌어먹을, 누군가와 입가에 침이 괴도록 열심히 뽀뽀를 했던 게 도대체 언제던가. 누군가와 깍지 껴서 굳게 잡은 손을 그네처럼 흔들며 거리를 활보했던 게 언제던가. 곁에 있는 누군가가 좋아서 흐뭇하고 곁에 없는 누군가가 그리워서 흐뭇하던 게 도대체 어느 시절 추억이던가. 가련하구나 인생이여. 병신 같은 마지막 청춘을 병신같이 흘려보내고 30대 아니라 40대 50

대가 되어서도 다만 외로움을 친구 삼아 병신같이 늙어갈 운명이란 말인가.

내게도 사랑이

N이 사는 동네, 강남역까지 그녀를 배웅했어요. 마음을 숨기고 누군가와 함께 걷는 심정은 한마디로 비참했습니다. 그리고 왜일까 내 비참을 그녀에게 있는 그대로 밝히고 싶었습니다. 내가 알지 못하는 내 마음을 그녀가 알게 하고 싶었습니다. 어떻게 하면 그럴 수 있을지 역시 종잡기 힘든 문제였지만.

횡단보도를 건너 길 오른편으로 들어섰습니다. 밤 열시. 주말의 강남역은 삼각지 원대구탕 만큼이나 북적북적 바글바글.

"저기, 잠깐만요."

하여 어쩔 도리 없이 그녀를 불러 세우고 말았어요. 당장 그렇게 하지 않았다가는, 그럼으로 해서 큰 비극이 벌어지거나 훗날 어느 안타까운 운명을 맞이하는 것은 아니겠지만, 영영 그러지 못할 것 같았거든요. 그렇게 아무 말도 못한 채 자정을 넘기고, 하루가 가고 일주일이 가고, 서로가 서로를 전혀 기억 못 하는 채 1년이 지나고 3년이 지나고, 40대가 되고 50대가 되고. 그 이유는 알 수 없지만, 사태가 그렇게 진행되어서는 왠지 안 될 것만 같은 강박이 나를 떠밀었던 것입니다.

N이 느리게 걸음을 멈추었으며 동시에 나는 울컥, 말문이 막혔습니다. 그러저러한 간절함뿐 뭘 어떻게 해야 할지는 여전히 정리가 되지 않은 상태였지요.

"다른 게 아니라 내가 뭐를, 좀 물어보고 싶은 게 있어서요."

"뭘요?"

"그게."

"술 더 마시자고?"

"아니요. 그건 아니고."

"……."

"그러니까…… 우리 지금, 말하자면, 사귀는 건가요?"

그녀의 얼굴 위로 어두운 별똥별이, 꼬리 뒤로 새카만 불빛을 남기며 바스러지듯 멀어지고 있었습니다.

"아니, 취소. 다시 물어볼게요."

"……."

"나를, 나에 대해서, 어떻게 생각하나요."

초속 68.4킬로미터. 블랙홀 같은 유성 너머 무엇을 그때 나는 보았을까. 그녀가 길게 나직하게 한숨을 뱉어내었어요.

"죄송하지만 잘…… 뭐가 궁금하신 건가요."

"이런 겁니다. 특별히 문제가 없으면 우리 정식으로 사귀는, 그런 문제에 대해서 어떻게 생각하시는지. 생각 안 해봤으면 지금부터 당장, 아 참, 남자친구 있나요? 아니면 혼자 짝사랑하는 사람이라든지."

"내가, 뭘 어떻게 하면 되는 건가요."

"사귑시다 우리."

"……."

"대놓고 이러는 거 나도 굉장히 어색하네요. 아아아. 겪어봤으니 아시겠지만 많이 나쁜 사람 아니거든요. 저기, 어떠세요? 뭐 필요하시면 옵션을 걸어도 좋고."

"그래요."

"예?"

"그러시자고."

골목길을 지나던 승용차가 행인들을 향해 나직이 경적을 울리고, 지하 맥줏집에서 베이스가 지나치게 증폭된 음악 소리가 쏟아지고, 곁을 지나가던 여고생이 휴대폰에 대고 욕설을 뱉어 냈습니다. 하지만 그 짧은 한 마디를 어떤 소리보다 분명하게 구분해낼 수 있었지요.

"정말요?"

"정말로."

"고맙습니다. 정말 감사합니다."

"어울리는 인사가 아니네요."

"절대 후회 안 하실 거예요. 좋은 선택이었고 결정이었음을 이해할 날이 곧 오고 자주 올 거예요."

"알았어요. 믿어보죠."

"그런데 틀림없는 건가요. 의심하는 건 아니지만, 내가 언제 그랬냐고 나중에 딴소리를 한다든가."

"의심하는 거 맞네요."

"세상이 하도 험해서."

"어떻게 하면 될까요. 각서 쓰고 공증받을까요."

"농담입니다. 믿어야죠. 의심 없이 믿을게요."

"잘 생각했어요."

한 걸음 다가온 N이 왼손을 들어 내 오른 어깨를 툭, 쳤습니다. 전역 후 1년 만에 만난 군대 동기에게 그렇게 하듯.

"바래다줘서 고마워요. 전화할게요."

멀어지는 뒷모습을 가슴 콩콩 지켜보고 있으려니 일순 머릿속이 희번해지는 것이었습니다. 세상에, 이러려고 그랬단 말인가? 대놓고 애걸복걸 떼를 쓰고 싶어서, 그래서 아까부터 알지 못할 마음은 그렇게도 심통을 부리고 청승을 떨어댔단 말인가?

다시 사랑한다 말할까

사랑은 창밖의 빗물 같아요

N을 사랑합니다. N을 사랑합니다. N을 사랑하고 사랑합니다. 이만큼 완벽한 문장은 없을 겁니다. 이만큼 단호한 명제는 없을 겁니다. 이만큼 견고한 진리는 없을 겁니다. 세상의 문장과 명제와 진리라면 모르겠지만 내 문장과 명제와 진리에 관해서라면 분명히 그러할 것입니다. 마음이란 늘 한결같기보다 변하기가 쉬운 것임을 나 또한 모르지 않지만 그렇게 믿고 싶은 이즈음의 마음만큼은 우주를 떠도는 어떤 물질보다도 순도가 높을 것입니다.

이른 아침 창문 앞에 서서는 아, 작게 감탄하고 말았어요. 4층 아래로 내려다보이는 아파트 단지가 온통 하얀 세상. 밤새 눈이 내린 모양이군요. 눈 아닌 비가 내렸다면 그 소리에 잠이 깨고 말았겠지요. 깊은 밤 스산한 12월 빗소리에.

오늘은 N을 만나는 날. 뜻밖의 선물을 받은 기분이에요. 일주일 만의 만남이 밤새 소리 없이 내려준 눈 덕분에 더욱 아름다워지기를. 핸드폰에서 맑은 물방울 소리가 들리네요. 그녀로부터 카톡 메시지가 도착한 모양이에요.

기다린 날도 지워질 날도

그녀에게 푹 빠진 오늘 아침, 이런 생각을 해봅니다 미래에 대해서. 그녀와 나의 앞날에 대해서. 장차 어떻게 될까. 3년 뒤 또는 5년 뒤, 그쯤에는. 5년 뒤라면 그녀와 나의 나이 서른아홉이군요. 2020년. 여전히 사랑하는 사이겠지요? 물론 그렇겠지요? 그때쯤이면 결혼을 하지 않았을까. 애도 둘 정도 있는 것 아닐까. 글쎄요 실은 잘 모르겠어요. 솔직히 그래요. 그녀를 더없이 사랑하지만, 3년 또는 5년 뒤의 미래에 대해서는 왠지 모르게 자신이 없어지네요. 결혼이나 아이 같은 단어 앞에서는 더욱. 참 이상하지요, 미래에서 온 누군가 우리의 행복한 3년 또는 5년 뒤를 소상히 설명해준다 해도 여전히 수줍도록 실감이 나지 않을 것 같은 이 기분은.

그런가 하면 또한 생각을 해봅니다 30년 또는 50년 후에 대해서. 300년 또는 500년 후에 대해. 어떤 뜻밖의 일이라도 벌어질 수 있고 무엇이라도 당연한 듯 받아들일 수밖에 없는 우리 삶이지만 그것이 소멸 이후라면 어떠할까. 어떤 사람들은 10대에 또는 20대에 세상을 떠나지요. 어떤 사람들은 지금으로부터 12년 후를 만나지 못하고 또 어떤 사람들은 모두의 기대보다 너무 오래 살기도 하지요. 하지만 그것이 300년 500년 후라면. N이 없는 세상. N도 나도 세상에 없는 세상이 오면, 그래도 우리 두 사람의 사랑은 여전히 남아 있을까. 내게는 더없이 완벽한 그녀의 단 한 가지 단점. 인간이라는 것. 유한한 인간이라는 것. 언젠가는 그녀도 늙겠지요. 언젠가는 그녀도 약해지겠지요. 언젠가는 그녀도 느려지겠지요. 언젠가는 그녀도 불편해지고 병들겠지요. 언젠가는 그녀도 사라지겠지요. 사랑이 이리도 깊은데 깊어져만 가는데 장차 피할 수 없는 헤어짐을 미리부터 걱정하는 신세라니. 대저 생이란 얼마나 더 형편없이 부조리해져야 제 성에 차서 만족할 줄을 알까. 대저 영원이라는 단어가 어느 시대건 어느 언어권에서건 존재해온 이유는 무엇일까. 영원히 죽지 않을 듯 바람 같은 생을 살아가는 인간들이 오래전부터 찾아 헤매었던, 역사책에는 등장하지 않는 가치들은 무엇일까. 아마도 그와 무관하지 않을 겁니다 이즈음 「시골의 결혼 준비」 「닫힌 방」 「이방인」 「베니스에서의 죽음」 등을 다시 만난 것은. 중고등학교 시절의 황폐하기 그지없는 일기장 속에 종종 등장하던, 동대문 헌책방 골목과 삼촌네 옛집의 다락방에서 두려운 낯섦으로 조우했던 책들. 갈피마다 누렇게 종이 삭는 냄새 가득하던 삼중당, 을유문화사, 어문각의 늙은 문고본 전집을 다시 손에 쥐게 된 것은.

사랑, 그놈

N의 예전 남자를 만났습니다. 사흘 전에 그런 일이 있었습니다. 아. 더는 생각 안 하기로 했는데. 머릿속에서 영영 떨쳐내기로 마음먹었는데. 그게 쉽지가 않네.

사랑하는 여자의 전 남자를 만난다는 것이 덮어놓고 불쾌한 일만은 아니라는 사실을 경험 있는 분이라면 충분히 이해하시리라 믿습니다. 기분이 거참 묘하도록 묘하더군요. 가슴 안쪽을 스펀지 모서리로 살살 닦아내는 것처럼 간질간질, 슬프다고 할까 통쾌하도록 서럽다고 할까. 나보다 열 살 정도 많아 보이는, 병적으로 새하얀 얼굴. 가련하게도 잔털 하나 없이 머리가 벗겨진 데다 눈썹조차도 지워진 듯 희미했지요.

"후회하지 않을 자신 있습니까."

예상 못 한 자리 예상 못 한 질문이었지만 조금도 당황스럽지 않았어요. 요컨대 반감 같은 것은 생기지 않았어요. 일생에서 몇 차례 만나기 힘든 순간. 커피 잔 언저리를 매만지는 손가락은 길고 가늘고 지나치게 고독해 보였습니다.

"자신 없다고 하면 어쩔 건가요."

"말다툼을 할 생각은 없습니다. 다만."

입술을 움직이지 않고 불분명한 대사를 읊는 말투.

"후회하실 거라면, 그 아픔을 이겨내기 힘들 것 같으면, 지금이라도 포기하시기를 바라는 것입니다. 차연 님을 위해서 미리 드리는 충고입니다."

"후회라. 어째서 그렇게 단정하시나요."

"그녀는, 특별한 존재니까요."

"나도 압니다."

"차연 님과는, 더불어 나와는 기름과 바람처럼 다른 존재지요. 세상 그 누구와도 다를 수밖에 없는."

"N을, 지금도 사랑하고 있나요."

"나는."

"분명히 대답해주세요. 대화를 계속하고 싶다면."

"단 한순간도 그녀를 사랑한 적이 없습니다. 사랑이라고 말해질 감정에 대해서라면 분명히 그렇습니다. 그 점은 걱정 마세요. 차연 님이 장차 어떤 후회에 빠지게 된다면, 나로 인한 문제는 아닐 테니까."

"도대체 무슨 이야기가 하고 싶은 건가요."

"어쩔 수 없는 일이라면, 그럼에도 되도록 천천히 되도록 게으르게 사랑하세요. 가능한 한 덜 미치도록 덜 빠져들도록 노력하세요. 그것이 장차 차연 님을 깊은 절망에서 구제해줄 수 있습니다."

"다시 물어볼게요. 나를 찾아온 이유가 뭔가요."

"나를 위해서가 아닙니다. N을 위해서가 아닙니다. 그 밖의 다른 많은 사람들을 위해서가 아닙니다. 단 한 명, 차연 님을 위해서입니다."

"미쳤군 아저씨."

"상상도 못 했던 일들을 겪게 될 겁니다. 여태 꿈도 꾸지 못했던 일들을. 감당할 수 있겠습니까. N을. 차연 님 자신을. 다가올 시간들을."

조울에 빠진 스물아홉 살 여성처럼 높고 가는 목소리조차도 이 세상 사람 같지 않은 그와의 시간은 갈수록 불쾌하다기보다 도대체 이게 뭐지 싶었어요. 그와 N이 어떤 사이였는지 알고 싶지 않았습니다. 더 정확하게는 알기 싫었습니다. 그녀의 과거는 과거일 뿐, 행여 지금의 나와 어떤 선후 관계로 연결되어 있다 해도 그것은 존중되어야 할 그녀의 일부일 따름이었으니.

앉으나 서나 당신 생각

혜화동에서 N을 만났습니다. 〈은하철도 999〉의 메텔이 돌아온 것 같은 블랙 코트와 두툼한 갈색 목도리. 인디언핑크 립스틱. 기가 차더군요. 원 세상에, 이 여자가 이렇게나 예뻤던가? 정말 간만에 소극장을 찾았어요. 하얗게 눈 내린 대학로에는 12월 주말을 닮은 사람들이 어느 거리 어느 골목에서건 크리스마스트리처럼 환한 모습이었지요. 저녁 되며 기온이 뚝 떨어졌지만 혼자가 아니라 다행이었어요. 예술극장 나무의 시간. 여러 해 전에 큰 인기를 끌었던, 웹툰을 원작으로 한 연극. 10년 사이에 벌써 3천 회 가까이 공연되었다던가. 알뜰살뜰한 그녀가 인터넷 소셜커머스에서 60퍼센트 할인가에 티켓 두 장을 예매해두었더군요.

소극장 안은 목청 좋고 발음 정확한 배우들이 온몸으로 발산하는 사랑의 언어들이 소복소복 피어나고, 가족처럼 모여 앉은 남녀 관객들은 스스로가 주인공 되어 달콤 짭짤한 사랑 이야기를 직접 연기했습니다. 그녀의 손을 꼭 잡고 두 시간 동안 놓지 않았어요. 커튼콜 때 박수 치면서 보니 내내 잡고 잡혔던 왼쪽 손이 갓 구운 붕어빵처럼 뜨끈하더군요.

"재미있었어요? 아, 춥다."

"내일부터 더 추워진대요."

"벌써 일곱시 반이네."

"뭐 먹으러 갈까요."

"아무거나요."

"아무거나 뭐요."

"차연이 정해봐요 다 좋으니까."

"알았어요. 알았으니 그것만 빼고, 라고는 하지 말아줘요."

"정하는 거 봐서요."

소극장 밖으로 쏟아져 나오는 이들 속에 섞여 어둠 내려앉은 눈길을 걸었어요. 나홀 전의, 창백한 얼굴의 대머리 남자가 그때 갑자기 떠올랐어요. 마음이 불편하다기보다, 그저 조금 묘했어요. 묘하게 뿌듯했어요. 질투심에 머리가 어떻게 된 그 남자와 만났다는 사실을 N은 영영 눈치도 못 챌 테지. 하지만 언젠가는 분명히 깨닫게 되겠지. 여태 만나온 사람들 중에서 가장 멋진 남자를, 바로 지금 사귀고 있다고.

삼겹살을 구워 얇은 피처럼 만든 떡에 싸 먹는, 그런 식당에 들어섰습니다. TV 프로그램들에 소개되었던 화면을 캡처한 액자들이 출입문에 가득했고 벽에는 1990년대 아이돌 가수와 영화배우와 탤런트들의 잘 먹고 갑니다 번창하세요, 같은 사인 종이가 코팅되어 붙어 있었지요. 룰라, 노이즈, 듀스, 업타운…… 한때 좀 나가던 스타들은 다 왔었네. 와, 태사자라고 기억나요? 태진아가 아니라. 음식을 주문하고, 물병과 상추 바구니와 밑반찬 접시들이 바삐 놓이고, 풋고추 하나를 집어 들고는 고추가 웃으면?, 같은 농담을 궁리하던 시간이었어요. 지난 사람들이 다시금 우르르 떠오른 것은.

선희, 지민, 주영, 제니, 채환, 민조, 그리고 이연. 지금은 가슴 아릿한 추억이거나 기억 속 크고 작은 흔적으로 남은 이름들. 하지만 어쩔 수 없는 일이었지요. 느닷없이 사람이 찾아왔다면 웃으며 반기거나 황망히 돌려보낼 일이지만 사람의 기억이라면. 알아서 물러날 때까지 모른 척 아닌 척, 함께 있는 사람에게 열중(하는 척)할밖에.

창밖의 여자

N을 사랑하게 된 이후 누가 시키지도 않았는데 새삼 시작한 일이 하나 있으니 지난 여자들을 정리해보는 작업이었어요. 장식장에 두서없이 널린 액자들을 물 적신 휴지로 닦고 가지런히 정리하듯 한 사람 한 사람, 그녀들이 나에게 가장 소중한 그녀였던 시간들을 알뜰살뜰 구체적으로 추억하고 분류해보는. 어째서 이제야 시작했을까 안타까울 만큼 흥미로운 작업이었어요. 때로는 펜과 종이를 들고 머릿속 복잡한 기억들을 도표로 정리해봐야 할 만큼, 때로는 인터넷에 남겨진 수년 전 검색어들의 도움을 받아야 할 만큼 간단치 않은 작업이기도 했고요.

예의 작업을 시작하며 처음 부딪친 난관은 이른바 범위를 정하는 문제였어요. 중학교 3학년 때 혼자 질리도록 좋아했던 여자애를 지난 여자들 속에 넣어도 무방할까? 군대 가기 두 달 전에 소개팅으로 알게 되어 네 번 만났던 여자대학 패션디자인학과 그녀는? 남아공월드컵이 한창이던 때, 친구 따라 쫓아갔던 신림동 클럽에서 즉석 만남으로 하룻밤까지 보낸, 천안이 집이라고 했던 유부녀는? 곡절 끝에 노벨문학상 수상 작가처럼 선정된 일곱 사람. 어떤 기억들은 그게 어젯밤의 것인 듯 너무도 선명해서 새삼 놀라웠어요. 어떤 기억들은 맙소사 그게 3년밖에 안 된 일이란 말인가 싶을 만큼 아득했어요. 그리고 적지 않은 어떤 기억들은 흐뭇한 미소가 절로 새나오도록 애틋한 것들이었지요.

그녀들 모두, 당연한 이야기가 되겠지만, 비슷한 듯 하나같이 달랐어요. 많은 시간이 지난 이즈음 느껴지는 심리적 거리감부터가 그러했어요. 4년하고도 3개월 전에 헤어진 지민은 요즘도 크리스마스와 새해 인사 문자 정도를 주고받는, 더불어 1년에 한두 번 이런저런 모임에서 우연치 않게 만나도 순순히 술잔을 부딪칠 수 있는 사이. 한편 수원에서 고등학교 영어 선생을 하는 채환은 그와 반대로, 나쁜 감정이 남은 것은 아니건만, 서로 만날 가능성이 있는 모임이라면 왠지 피하게 되는 사이. 요컨대 그런 차이였지요. 그런가 하면 다시 만난대도 할 게 싸움밖에 없으니 당장 저 길모퉁이에 그녀가 서 있다면 가던 길을 돌리고 말 제니 같은 친구도 있고, 지금은 어떻게 변했으려나 결혼은 하기 싫지만 딸아이는 꼭 하나 낳아서 키우고 싶다던 평소 바람처럼 싱글맘이 되었으려나 소식이 궁금하지만 도통 연락처를 몰라 안타깝다기보다 아쉬운 주영 같은 친구도 있고. 기억을 되살리는 것만으로도 슬그머니 가슴 아파지는 친구도 있었어요. 위의 방식으로 분류하자면 꼭 한 번 만나보고 싶지만 도통 연락처를 모르는 데다 우연히 마주칠 가능성이 큰 모임 같은 게 혹시 있대도 차마 그 자리에 끼지 못하고 먼발치에서 내내 바라만 보게 될 그녀. 늘 몸이 안 좋았던 이연. 시든 풀잎 같던 이연. 내 서툴고 이기적인 사랑의 피해자로 고생 많았던 이연. 하지만 정말 좋아했는데. 시간을 돌릴 수만 있다면 나로 인한 슬픔을 최대한 거둬들일 터인데. 아, 슬프다.

왜 헤어졌을까. 열심히 만나고 열심히 사랑했건만 어째서 남과 남이 되었을까. 그땐 진심으로 진심이었는데. 그땐 정말로 정말이었는데. 예의 분류 정리 작업에 열중하고 있노라면 어느 대목쯤에서 알 수 없는 울적함이 두껍고 뜨끈한 손바닥으로 잔등을 쓰다듬었어요. 내가 더 잘했다면. 조금만 더 마음 썼더라면. 더 참고 더 노력했더라면. 지금만 같았더라면. 그런 아픔 그런 갈등 그런 이별 들은 막을 수 있지 않았을까. 숱한 이별의 사소한 이유들을 기억해내고자 이렇게 전두엽 혹사시킬 일도 없지 않았을까.

그대를 만나기 위해, 많은 이별을 했는지 몰라.

초등학교 때 유행했던, 김민우라는 가수의 노래. 과연 그럴까. 내 오랜 사랑의 고통은, 이해하기 힘든 이별의 아픔들은, 나이 먹을수록 심줄처럼 질겨지는 고독과 우울은, 결국 N이라는 보상을 위한 대가였을까. 내겐 완벽에 가까운 N을 만나기 위한 일련의 과정들이었을까. 그러고는 연이어 다음과 같은 축원을 가져보게 되는 것입니다. 선희도 지민도 주영도, 모두 다 행복하기를. 제니도 채환도 민조도, 누구보다 특히 이연도, 늘 웃을 날만 있기를. 지금이 아니라면 멀지 않은 언젠가 나보다 훨씬 멋지고 완벽한 남자 만나기를. 하여 예전보다 더 깊고 우아하고 숭고한 사랑을 환히 불 밝히기를.

잠 못 드는 밤 비는 내리고

너 두 번 만난 여자랑 잘 자잖아.

언제던가 승재가 전화에 대고 그랬지요. 그 말이 사실에 가깝다면 내가 아니라 승재 자신에 대해서일 것입니다. 지난 여자가 나보다 세 곱절은 많은, 지금의 여자 역시 그러한 녀석.

각설하고 N과 처음 잔 것은 12월 30일, 그녀를 여덟 번째 만나던 날이었어요. 여덟 번 만이며 마지막 섹스로부터 3년 7일이 지나서였죠. 기억력이 썩 좋은 편은 아니지만 그것만큼은 분명하게 떠올릴 수 있어요. 3년 전 12월 23일. 헤어지기로 피차 마음 정한 상태에서 마지막 기념품도 아닌 기념 섹스를 나눈 뒤 민조는 천장을 향해 이렇게 중얼거렸어요.

마지막이라고 생각하니까 더 좋았어.

크리스마스를 코앞에 두고도 그 흔한 캐럴 한 번 듣기가 어렵던 명동 구석, 건물 5층을 통째로 쓰는 모텔의 끝에서 두 번째 방이었지요.

화요일이었고 2015년의 마지막 만남이 될 그날. 을지로에서 N을 만났습니다. 근처에 오팔반점이라고 꽤 오래된 화상 중국집이 있거든요. 명성만큼이나 분위기 오래된 식당 2층 방에 자리를 잡았어요. 요리를 시킬까 하다가 그 집에서 제일 유명하다는 군만두와 잡채밥과 삼선짬뽕을 주문해서 열심히 먹어치웠습니다. 독하지만 향긋한 중국술도 한 병 반주 삼아서 말이지요. 그날따라 배가 많이 고팠던지 얌전하게 먹는 일에 열중하더군요. 나 또한 그랬고요. 중국술 서너 잔에 취기가 올라오며 묘하게 마음 놓이는 기분. 너무 크게 떠들거나 시끄럽게 웃지도 말고, 너무 자주 만나지도 말고, 살림이나 식구를 불리지 말고, 대신에 이렇게 별걱정 없이 적당히 먹고 마시고 소화시키며 평생 함께할 수 있다면 얼마나 좋을까. 뜬금없이 그런 생각을 해봤던 것도 같고.

성냥갑으로 만들어 세운 것 같은 을지로 밤거리를 목적지도 정하지 않고 나란히 걷다가 소변이 마려웠고, 어디 해결할 데 없을까 주변을 둘러보던 참이었어요. 2층에 다방이 있는 건물 안쪽 골목에 작은 간판이 눈에 들어왔습니다. 초록색 형광 불빛, 시옷으로 시작해서 기역으로 끝나는 두 글자 이름의 모텔. 순간 생각지 않았던 사심이, 생각지 않았지만 내 안에 늘 파랗고 빨갛게 물들어 있었을 사심이 울컥 차올랐어요. 그야말로 머리통 터질 듯한 기세였지요. 어쩔 수 없이 간절한 마음을 가득 담아 N을 바라보았습니다. N이 걸음을 멈추었고, 고개 돌려 나를 보았고, 왜 그래요 안 가요? 하려다가 이내 골목 끝의 불빛 글자를 발견했고, 다시 나를 바라보았고, 숨을 크게 들이마셨어요.

"저런 데는, 음, 조금 그렇지 않나요."

첫 섹스는 놀라웠습니다. 놀랍도록 부드러웠습니다. 부드럽고 편했습니다. 처음인데 그렇게나 부드럽고 편해도 되나 걱정스러울 정도였습니다. 공부 잘하는 학생이 운동도 잘하고 생긴 것까지 멀끔한 데다 성격마저 좋다고, 내겐 더없이 완벽한 그녀는 겪고 보니 섹스마저도 그렇게나 완벽했던 것입니다. 완벽하다는 표현이 적확지 않다면 나와 잘 맞았다, 고 바꿔 말할 수 있겠지요. 달콤한 적막의 여운이 느릿느릿 사라져가고, 지나치게 구체적일 수밖에 없는 뒤처리마저 서둘러 마친 뒤, 삼 분가량을 궁리한 끝에 수줍게 고백했어요. 뭔가 이야기하지 않으면 안 될 것 같은 게 아니라 뭐라도 이야기하고 싶은 마음이었지요.

"고마워요."

헤어짐을 불과 한 시간 남겨놓고 마지막으로 민조가 털어놓았던 것 못지않은 소감.

"뭐가요?"

"……나랑 해준 거."

"……."

고양이같이 반짝이는 눈동자. 쓸데없는 소리였나?

"다른 뜻은 아니고, 좋아서요. 너무 좋아서."

마지막으로 한 게 언제였나요. 그렇게 묻고 싶은 것을 꾹 참았습니다. 나는 3년 7일 만에 처음이에요. 남자처럼 머리를 짧게 자른 여자였지요. 그때보다 지금이 훨씬 좋아요. 듣기 좋으라고 하는 소리 아녜요. 맹세컨대 지금만큼 좋은 섹스는 여태 없었어요. 어떤 섹스가 좋고 나쁜 건지 설명할 수는 없지만 어쨌거나 그래요. 말이 나와서 말인데 앞으로는, 가능하다면, 당신하고만 하고 싶어요. 다른 사람 말고 당신하고만, 가능하다면 자주. 당신은 어떤가요? 내 생각과 크게 다르지 않은가요?

간만의 섹스가 고단했던가. 나도 모르게 잠이 들었나 봅니다. 깨어보니 여전히 여관방, 전기장판을 틀어 무척이나 뜨겁지만 쿠션 부실한 침대 위였어요. 새벽 다섯시가 넘은 시간. 그렇다면 네 시간도 넘게 잠들었구나. N은 곁에 없었어요. 커튼이 구겨진 벽에 서서 창밖 어둠을 가만 주시하는 중이었지요.

뭐가 보일까. 건너편 건물의 살풍경한 옆구리 아니면 텅 빈 골목길 풍경이 전부일 텐데.

"깼어요?"

"깜빡 잠들었네."

"더 자요."

"일어나야죠."

"좀 있으면 날 밝을 거예요. 난 괜찮으니까 더 자요."

다가가 안아주려다가 그러지 않기로 했어요. 새벽 창가에 서 있는 여인의 알몸을 침대에 누워 지켜보는 기분이 썩 나쁘지 않았거든요.

"이리 와요."

"……."

"어서 와요. 내가 재워줄게."

"……."

"어서요."

곁에 다가와 수줍게 돌아눕는 그녀를, 등 뒤에서 따뜻하게 안아주었어요. 알몸이 차갑게 식었더군요. 팔베개를 해주고 어깨에 손을 올렸지요. 토닥토닥.

"불 켤까요."

"아뇨."

"한잠도 못 잔 거예요?"

끄덕이는 그녀의 뒤통수에 가만 입을 맞추었어요.

"미안하네. 나만 신나게."

"미안할 것 없어요. 내가 원래 잠이 없어서."

"안 피곤해요?"

"안 피곤해요. 자려고 누워서 밤새 뒤척이면, 그게 피곤하죠."

"불면증 있나."

"심하죠."

"다들 조금씩 그렇잖아요."

"지난 석 달 동안 십 분도 제대로 자본 적이 없어요."

"세상에 정말?"

"다들 조금씩 그렇잖아요."

"와, 그건 좀 많이 심하네. 병원 가봤어요?"

"아뇨."

식은 전기장판이 서걱거리는 침대. 술 취한 사람처럼 코를 고는 미니 냉장고. 좁고 낡아서 두 번 다시 찾고 싶지 않은 모텔 방. 기시감이 슬픔처럼 가슴에 스며들었어요. 언젠가 이런 적이 있었는데. 언제더라.

"난 괜찮아요. 잠이 안 오면, 안 자면 그만이지요. 그게 더 자연스럽지 않나요."

새벽. 멀었는가.

너에게로 또다시

일요일 오후. 골목 두 곳을 조금 헤맨 끝에 미래타워를 찾아낼 수 있었어요. 강남역 안쪽, 검은색과 회색이 우아하게 조화된 5층 건물. 오늘은 또한 역사에 기록될 하루들 가운데 하루입니다. 두근두근 설레는 마음. 날이 참 좋네요. 한겨울 맑은 하늘빛은 여름 하늘과 결이 다른 깨끗함이 있지요. 오늘 같은 휴일이면 겨울 들판을 볼 수 있는 근교로 드라이브를 떠나는 것도 좋을 거예요. 고즈넉한 고궁 뒷길을 걷다가 미술관의 특별전시회를 구경하는 것도 근사할 테고, 초등학교 운동장에서 동네 아저씨들과 실컷 공을 찬 뒤 감자탕집으로 우르르 몰려가는 것도 나쁘지 않겠지요. 무엇이 되었건 사랑하는 여인 혼자 사는 집에 초대받는 것만큼 설레는 행사는 없겠지만.

초대를 받았다기보다 쟁취해내었다는 편이 정확하겠군요. 다른 뜻 없어요. 어떻게 사는지 보고 싶어서 그래요. 거실 구조는 어떤지 벽지는 무슨 색인지 식탁은 어떤 스타일인지. 지저분하면 좀 어때 쥐만 안 나오면 되지. 아니, 평생소원 하나 못 들어주나요? 등기 이전을 해달라는 것도 아니고. 틈만 나면 그렇게 애원 협박을 해댄 끝에 얻어낸 성과라는 편이.

엘리베이터 기다리기 싫어 4층까지 계단을 뛰어올랐어요. 발소리가 들렸는지 현관문이 열리고 그녀가 얼굴을 내밀더군요.

"왔어요?"

슬플 일도 없는데 슬픔 비슷하게 북받치는 반가움. 그곳이 명동역 6번 출구나 광화문 교보문고 잡지 코너, 종로2가 커피 아카데미가 아니라 그녀 자신이 사는 집 앞인 때문이겠지요.

"안녕."

"들어와요."

"들어가도 되나요?"

"……."

"와, 집 좋네. 우와."

"앉아요. 마실 거 뭐 줄까요."

"소주 있나요."

"배고프죠? 이십 분만 기다려요."

주방 쪽에 뭔가 지지고 볶는 기척이, 그런 냄새와 소리가 제법 어수선하더군요. 방 두 개와 거실이 있는, 지어진 지 얼마 되지 않은 빌라. 제법 넓고 깔끔했어요. 물론 내가 오기 직전까지 공들여서 청소를 했겠지만. 거실에 서서 창밖 풍경도 내다보고 액자 속의 유화도 감상하고 장식장 위의 작은 인형들도 구경하는데, 뭔가 마음이 놓이지 않는지 나무 주걱을 쥔 채로 슬그머니 쫓아오더군요.

"축하해요."

"뭘요."

"소원 푼 거. 평생소원이시라며."

"내가 그랬던가."

"이제 속 시원해요?"

"시원해요. 그런데 저 냉장고, 언제 산 건가요?"

"어서 와요."

"어딜요?"

"식사하시라고."

"으와아."

"맛은 장담 못 해요."

"이걸 다 만들었나요? 혼자서?"

"드세요, 따지지 말고."

쇠고기와 표고버섯이 들어간 궁중떡볶이. 국물 자작하게 매운 닭찜. 윤기 잘잘 흐르는 잡채. 호박전과 고추전과 생선전. 사과와 브로콜리와 견과류가 들어간 샐러드. 파릇 향긋한 참나물 무침. 명란 계란찜. 강낭콩이 섞인 밥과 미역국. 어떤 해의 생일날에도 이렇게나 황송한 잔칫상을 받아본 기억이 없거든요. 점심 초대하면서 라면을 끓여주지야 않겠지 내심 기대는 했지만 이런 정성이라니. 감격스럽고 또 조금 미안하기도 하고. 그래서 집어 든 젓가락을 채 어디로도 가져가지 못하고 그런 감상에 잠겨 있는데, 투덜투덜 실토하더군요.

"떡볶이랑 닭찜은 배달시키고 잡채랑 전이랑 샐러드는 마트에서 사 왔어요. 미역국은 냉동실에 얼려두었던 거고. 됐나요? 의심 그만하고 어서 드시라고."

미안한 노릇이지만 지난 여자들이 다시금 떠올랐습니다. 4인용 식탁 주변에 그들 모두 찾아들어 사이좋게 옹기종기 식사를 나누는 착란까지는 아니었지만.

집에 찾아갔었던 친구가 또 누가 있었더라? 그래, 선희네 집이 처음이었지. 한남동 주택가. 대학교 2학년 때였고 그녀의 엄마 아빠는 그리스로 여행을 떠났으며 우리는, 아니 나는 그날 첫 경험을 했다네. 그날 저녁, 집을 잘못 찾은 중국집 배달부가 열심히 초인종을 눌러대는 통에 얼마나 기겁을 했던지. 약수동 언덕 위, 주황색 철문이 있던 반지하 자취방에는 살았던 이는 채환이었어. 임채환. 나보다 세 살 많던, 허벅지 안쪽에 500원짜리 동전만 한 반점이 있던 여자. 시를 공부하던 산부인과 간호사. 또 누가 있더라. 구의동 길고 외진 골목길을 말없이 함께 걷던, 한남슈퍼 평상 앞에서 헤어지곤 했던 이연. 늦여름에서 초겨울까지 4개월 반. 짧게 사귀는 동안 그곳까지 그녀를 배웅했던 건 모두 여덟 번이었다네. 잘 가, 중얼거리고 힘없이 돌아서 걷는 뒷모습에 지켜보는 내 마음마저 푸르게 젖어들곤 했던 그녀. 그녀. 그녀들.

식사를 마치고 식탁을 치우고 설거지를 거들었어요. 그러고는 다운받아놓았다는 영화를 봤어요. 〈내일을 위한 시간〉 마리

옹 코티야르가 나오는 벨기에 영화였지요. 푹신한 천 소파에 겨울 햇살이 따듯하게 비껴 들어오며 세상 가장 나른하고 뿌듯한 일요일 오후가 시작되었어요. 영화 줄거리는 좀처럼 들어오지 않았지만 그제야 뭘 좀 알 것 같더군요. 그간 왜 그리도 집요하게 애원하고 협박하고 못살게 굴어야 했던지. 왜 그리도 징그럽게 보채야 했던 것인지. 다르더군요. 명동역 6번 출구와 광화문 교보문고 잡지 코너, 종로2가 커피아카데미 2층에서 만나는 것과는 뭔가 다르더군요. 손잡는 것과 뽀뽀가 다르듯. 뽀뽀와 키스가 다르듯. 키스와 섹스가 다르듯. 화장기 없는 맨얼굴을 처음 만나는 기분이 이와 비슷할까. 여주인공 산드라의 맑은 얼굴이 화면 가득 클로즈업되는 장면. 내 손을 잡고 하염없이 만지작거리던 그녀가 속삭였어요. 마리옹 코티야르를 생전 처음 보는 사람처럼. 저 여자 정말 예쁘지 않아요? 내가 대꾸했지요. 그녀를 생전 처음 보는 사람처럼. 니가 더 예뻐요. 그러고는 목덜미를 끌어당겨서 이마에 뺨에 눈가에 귓불에 입술에 뽀뽀, 뽀뽀, 뽀뽀, 뽀뽀, 뽀뽀, 쪽쪽쪽쪽쪽. 내 가슴을 떠밀며 그녀가 점잖게 타일렀어요. 영화 봅시다 영화.

아름다운 구속

N을 사랑하게 된 이후 누가 시키지도 않았는데 지난 여자들을 정리해보는 작업을 새삼 시작했듯, N을 사랑하게 된 이후 새삼 길들인 버릇 하나가 있었으니 그녀와 지난 그녀들을 비교해보는 것이었어요. 어느 순간 느닷없이, 어떤 특정한 상황을 만났을 때는 더욱, 그녀와 그녀들의 경우를 나도 몰래 견주어보게 되는. 그녀나 그녀들이 눈치챈다면 모르긴 몰라도 유쾌하지는 않을 버릇을 통해 놀랍도록 각별한 사실 하나를 깨달을 수 있었어요. 그녀의 어떤 말투가, 어떤 행동이, 어떤 표정이, 어떤 습관이, 어떤 버릇이, 어떤 취향이, 어떤 성격이, 그녀들의 어떤 말투 행동 표정 습관 버릇 취향 성격을 비슷하게 닮아 있더라는 것.

아마도 그래서였을 거예요, 언젠가부터 그녀와 함께 있으면 그녀와 함께 있는 것만 같지 않은 기분이 들곤 했던 까닭은. 그녀와 단둘이 있건만 그간 만나고 사랑하고 다투고 화해하고 멀어지고 헤어졌던 그녀들 모두를 함께 만나는 착란에 빠져들곤 했던 까닭은. 그녀에게 미안했지만 미안해 죽을 정도는 아니었어요. 그녀들이 그리워서 그랬던 것은 아니었으니까.

—당연하지.

—당연하다니.

—사람은 누구나 누군가의 어떤 부분인가를 닮기 마련이거든.

—정말?

승재가 사기꾼 브로커처럼 열변을 토했어요.

—정말이고말고. 그리하여 모르는 누군가를 처음으로 마주하는 순간, 사람은 자동적으로 자기가 아는 이들의 어떤 부분들이 상대에게 숨어 있는지 은연중에 탐색하고 포착하고자 노력하지. 그런 식으로 낯선 대상으로부터 친숙함의 위안을 얻으려 들지. 화성의 어느 바위 그림자가 영장류의 얼굴을 기가 막히게 닮았다고 해도, 그게 다름 아닌 영장류의 얼굴 형태라고 인식할 생명체가 지구의 영장류 말고 있을 것 같아?

그랬을까.

과연 나는 N을 만날 때마다 그녀 안에 선희의, 지민의, 주영의, 제니의, 채환의, 민조의, 이연의 어떤 모습이 숨어 있는지를 은연중에 탐색했을까. 그리하여 무인탐사로봇이 보내온 화성 표면 사진으로부터 인류의 흔적을 찾아보려 노력하는 학자들처럼, 그녀의 어느 표면으로부터 지극히 낯익은 모습들을 발견해내고는 예전 그녀들을 한꺼번에 만나는 것 같은 착란을 내심 즐겼을까.

그래서였을까.

어쩌면 나는, 빌어먹을, 주영을 사귀면서 선희 같은 여자를 꿈꾸었던 것일까. 지민을 사랑하며 제니 같은 여자를 꿈꾸었던 것일까. 민조의 손을 잡고 거리를 걸으며 채환 같은 여자를 꿈꾸었던 것일까. 선희를, 지민을, 주영을, 제니를, 채환을, 민조를, 이연을 그토록 열심히 사랑했지만 결국 남남이 되었던 것은 그 때문이었을까. 한때는 진심으로 진심이었건만 결국은 헤어지고 말았던 것이 모두 그 때문이었을까.

제니. 고등학교 1학년 남자아이처럼 쾌활하고 대범한 성격에 스포츠라면 하는 것도 보는 것도 다 좋아하는, 게다가 시원시원 길쭉길쭉 늘씬하고 탄탄하던 친구. 그러나 술만 마시면 개만도 못한 개가 되어 툭하면 옆 테이블 사람들과 싸움을 벌이곤 했는데 그럼에도 마시는 횟수가 나 못지않아 그것이 헤어지는 결정적인 원인이 되었던 그녀.

선희. 여성스러운, 소녀 같은, 귀엽고 사랑스럽고 애교 넘치던 친구. 같이 있을 때는 나뿐 아니라 내 친구들까지 그렇게 잘 챙겨줄 수 없는 데다 부잣집 딸답게 술과 밥과 영화와 커피를 군말 없이 척척 사곤 하던 그녀. 그러나 떨어져 있을 때는 정말이지 귀엽지도 사랑스럽지도 않던 그녀. 아까 왜 전화 안 받았어? 못 받은 거야 안 받은 거야? 어제 친구들이랑 뭐 했어? 또 나이트 갔지? 거짓말 아냐? 친구들한테 물어봐도 돼? 떨어져 있는 시간마저도 통째로 소유하려는 집착 또는 집요함으로 1년 2개월의 연애 기간 내내 나를 들볶아대었던.

민조. 외로운 승냥이를 닮은 4차원 인간. 코와 입술 등 얼굴에만 피어싱을 세 군데 한, 중성적인 섹시함이라는 표현이 허용된다면 딱 그러할, 무엇보다 섹스가 나랑 정말 잘 맞았던 친구. 그러나 안타깝게도 그녀는 사이코였어요. 우울과 조울 그리고 불안. 때로는 새벽 세시에 집 앞으로 찾아와 전화를 걸어오고 때로는 전화기 꺼놓고 약속마저 바람맞히고는 일주일씩 잠적하기 일쑤인 데다 미수로 그치고 만 자살 시도까지.

N은 달랐습니다. 그녀들 모두와 많이 비슷했지만 또한 많이 달랐습니다. 요컨대 제니처럼 쾌활하고 축구도 좋아하며 비교적 늘씬한 편인 데다 술도 제법 할 줄 아는 그녀는, 그러나 주

사 같은 것은 상상조차 되지 않을 체질이었지요. 뿐인가 사람 잘 챙기고 살뜰히 마음 써주는 면이 선희 못지않은 그녀는, 그러나 집착이나 간섭 등과는 거리가 멀어도 한참은 먼 편이었으니. 나한테 관심이 없는 건가? 어떨 때는 그런 섭섭함마저 들 정도니. 그런가 하면 민조만큼이나 아니 그 이상으로 섹스에 관한 한 나와 잘 통하지만 민조와 달리 우울도 조울도 불안도 모르는 안정적인 성품의 그녀였으니.

이상의 비교 분석이 더없이 애매한 잣대에 의한 것이며 현재 내가 그녀에게 폭 빠진 상태이므로 그 신빙성을 인정하기 힘들다는 분이 계시다면 그 의견에 반론을 펼칠 마음은 없습니다. 그러나 더불어, 그녀가 지금 내게는 세상 누구보다 완벽한 여자라는 주장을 굽힐 마음 또한 없음을 말씀드리고 싶네요. 왜냐하면 그녀는 다르니까. 내가 만났던 어떤 특별한 그녀들보다 특별하니까. N을 품에 안고—그래서는 안 되겠지만—선희 같은 여자를 꿈꾼다 해도, 그로 인해 뭔가 어긋나는 일은 없지 않을까. 내가 꿈꾸는 선희보다 더욱 선희 같은 이가 바로 그녀이므로. N과 입을 맞추며 제니 같은, 민조 같은, 지민 같은 여자를 꿈꾼다 해도 그로 인해 갈등이 커질 위험은 없지 않을까. 제니보다 더 제니 같고 민조보다 더 민조 같으며 지민보다 더 지민 같은 이가 바로 그녀이므로. 김민우가 말했듯 아니 노래했듯 그녀를 만나기 위해 많은 이별을 했는지 모르니까. 거듭 하는 이야기지만 그래서 그녀와 있을 때면 어느덧 그녀들 모두와 함께 있는 듯한 기분이 들곤 하니까.

선희, 지민, 주영, 제니, 채환, 민조, 그리고 이연.

한때 사랑하고 사랑했으며 지극히 사랑했던 그녀들과 관련된 이야기는 이것으로 모두 마칠까 해요. 좋은 이야기건 섭섭한 이야기건 그녀들에 대한 추억으로 더 이상 지면을 채우는 것은 그녀와 그녀들 모두에게 예의가 아닐 것 같군요. 마지막으로 그녀들 모두에게 진심 어린 인사를 건네고 싶네요. 만나줘서 진정으로 고마웠고 고마워요. 모두 안녕. 늘 건강하고 행복하길.

네게 줄 수 있는 건 오직 사랑뿐

다른 날과 달리 그날은 차를 끌고 나갔습니다. 다른 날과는 비교가 되지 않을 만큼 위대한 그날의 체험은 바로 그러한 차이가 배경하고 있었다, 고 말할 수 있겠네요. 퇴근 얼마 앞두고 피치 못할 회사 일이 갑자기 껴들었던 참이었어요. 그래서 약속 시간까지 미루고 파주 물류창고로 가서 예정에 없던 노가다를 한 시간 넘게 하고는 부랴부랴 돌아온 길이었지요. 기왕 이렇게 된 거 하다못해 양평에라도 나가볼까. 그러나 금요일 저녁의 도로 사정이 얼마나 고약할지 알 수 없었기에 일단 저녁부터 해결하기로 한 것입니다.

주차장 딸린 커다란 고깃집에 차를 대고 삼겹살과 된장찌개를 먹었어요. 떠들썩하게 회식을 즐기는 다른 테이블들 속에 무인도처럼 자리 잡고는 상추에 구운 고기와 밥을 올려 우적우적. 소주도 맥주도 소맥도 없이 맨입에 꾸역꾸역. 지갑이라도 잃어버린 듯 휴대폰 배터리라도 방전된 듯 영 허전하고 불안하더군요. 내 허전 불안이 빤히 보였던 것일까.

"헌종이 씹는 염소 같네."

"뭐라고요?"

"처량해서 못 보겠다고요. 그러지 말고 술 시켜요."

"그랬으면 딱 좋겠군요."

"마시라고요."

"차는 어떡하고."

"놓고 다녀요. 나중에 대리를 부르던가."

"에이."

"내가 대신 운전해도 되고."

"면허 언제 땄는데요."

"10년 넘었어요."

"……정말?"

"연수할 때 빼고 몰아본 적은 없지만."

"장난하시나."

경리단 밤길을 한 바퀴 돌고, 남산 자동차극장에 갈까 하다 포기하고, 케이블카를 타기로 했습니다. 문제는 여기나 저기나 역시 주차. 혹시나 싶어 케이블카 건물에 딸린 주차장에 들어섰는데 웬일로 빈자리가 하나 보이더군요. 옳다구나 싶어 슬금슬금 후면 주차를 시도하던 참이었어요. 그것이 사건의 발단. 어디선가 쫓아온 승용차 한 대가 바로 그 자리에 냅다 머리를 들이미는 것이었습니다. 어쩌려는 건가. 과연 거기에 차를 대고야 말 심산인지 꼼짝도 하지 않더군요.

"매너 더럽네. 우리가 먼저잖아 이놈아."

"빼줘요."

"빼긴 왜 빼요. 분명히 먼저 왔는데."

"양보할 마음이 전혀 없는 것 같은데요?"

"어차피 저 차도 저렇게는 못 집어넣는다고."

빈 주차 공간 하나를 두고 꽁무니로 들어가려는 차와 머리부터 집어넣으려는 차의 대결. 잠시 후 어이없게도 빵빵, 뒤차의 경적이 울려대는 것이었습니다. 지금 나더러 딴 데로 비키라는 거냐? 염치없는 인간 같으니. 오도 가도 못하고 멈춰 선 상황이 조금 길어졌습니다. 나 또한 쉽게 물러서고 싶지 않았어요. 잠시 뒤, 시커먼 중형차에서 운전자가 내려섰습니다. 문도 닫지 않은 채 성큼성큼 이편으로 다가와서는 창문을 똑똑.

"어이 아이씨."

아저씨를 부러 아이씨, 라고 발음하는 걸걸하고 불량한 목소리.

"지금 뭐 하자는 거예요, 에?"

"뭐 하자는 거라뇨."

"차를 대든가 빼든가, 왜 길을 가로막고 있냐고."

"아니, 그쪽이 머리를 들이밀고 있으니 댈 수가 없—"

"뭘 씨발 머리를 들이밀어? 그럼 씨발 딴 데 가면 되잖아."

쌍시옷이 부담 없이 튀어나오더군요. 짧게 자른 머리칼에 커다란 얼굴, 검은 티셔츠 밖으로 돌출된 근육이 제법 우람진 사내였어요. 팔뚝에는 도마뱀인지 악어인지 문신이 육중하게 꿈틀거리고, 쥐색 기지바지의 반짝이는 은색 허리띠 버클이 제법 위압적이었지요. 악어가 눈깔을 아니 눈알을 부라리며 내 곁에 버티고 섰고, 줄줄이 늘어선 뒤차들의 경적 소리가 이어지고, 오가는 이들의 호기심 어린 시선이 이편을 힐끔거리고. 난감했어요. 빌어먹을 이럴 줄 알았으면 삼겹살에 질탕 술이나 퍼마시고 대리를 부르는 건데.

"차 당장 빼요 응? 씨발 사람 성질 건드리지 말고."

어쨌거나 계속해서 대거리를 주고받을 게 아님은 분명한 상황. 아아, 이거 참. 내 손이 슬그머니 기어로 향했습니다. 조심히 차를 움직여 그 자리에서 물러섰어요. 얼굴이 후끈 화끈. 치욕스럽지도 두렵지도 않았습니다. 치욕도 두려움도 순간일 뿐, 조수석에 앉은 그녀가 내내 그 장면 속에 함께 있다는 사실만이 그저 참담했습니다.

"괜찮아요?"

조심히 묻는 그녀에게 피식 웃어 보였어요. 한순간 방심 탓에 2인자로 내려선 고등학교 짱처럼. 괜찮지 않을 게 뭐겠습니까 악어 꿈틀거리는 팔뚝에 한 방 얻어맞은 것도 아닌데. 여자 친구 보는 앞에서 쌍시옷 몇 번 얻어먹고는 양보받을 권리를 양보했을 따름인데.

"기분 풀어요. 건달 양아치 새끼들, 어딜 가나 민폐라니까."

케이블카를 타기 위해 3층까지 늘어선 줄 따라 한참을 움직여야 했어요. 삼십 분 만에 탑승구에 다다라 우르르 케이블카에 올라타고는 고작 삼 분을 움직인 끝에 남산타워에 도착했습니다. 여기 또 온 게 언제던가. 열 살 때? 국사당 터와 팔각정을 지나 타워 쪽으로 천천히 걸었어요. 날 저문 지 오래였지만 타워 주변은 한낮보다 화사하더군요. 불빛만큼이나 많은 사람 사람들. 생수와 솜사탕을 사고 한 무리의 중국인 관광객을 지나 전망대 쪽으로 갔어요. 밤하늘 검푸른 빛과 멀리 반짝반짝 내려다보이는 용산 쪽 야경과 지금쯤은 헤어진 연인들의 것도 적지 않을, 철망에 진딧물 떼처럼 붙은 자물쇠들과 거기 또박또박 적힌 사랑의 언어들과 그런저런 배경을 등지고 셀카를 찍는 남녀들을 구경하며 분홍 솜사탕을 뜯어 먹고 끈적끈적해진 손가락을 쪽쪽 빨았습니다. 사실은 손가락이 아니라, 여기저기 으슥하고 외진 곳마다 찾아들어 입을 맞추는 연인들처럼, 끈적끈적 달콤해진 그녀의 입술을 쪽쪽 빨고 싶었지요. 연애건 결혼이건 집들이건 돌잔치건 남들과 다른 특별함을 추구하는 척 남들 다 하는 짓을 못 하고 넘어가면 안달이 나는 이유는 무엇일까.

햄버거 가게와 기념품 코너, 테디베어 상점과 아이스크림 판매점, 1985년 10월에 중앙일보가 창간 20주년 기념으로 설치해 땅에 묻었으며 500년 후인 2485년에 자랑스러운 후손을 위해 개봉할 예정이라고 음각된 타임캡슐 석판을 지나 전망대 뒤편, 어두운 숲이 울창하게 펼쳐진 계단가에 앉았습니다. 비교적 한산한 구석에 자리 잡고는 고개 꺾어 남산타워를 올려다보았어요. 지상에서 은은히 발산하는 청색 조명을 배경 삼아 검은 하늘에 우뚝 솟아오른 얼음 기둥. 기둥 위에 웅장히 자리 잡은 원형 전망대는 1600광년 저편 오리온좌에서 한참을 날아온 UFO의 위용이 넘쳐났지요. 저게 언제 세워졌을까. 생수로 입안을 헹구며 무심코 중얼거리던 참이었어요. N이 눈을 반짝이더군요.

"1975년."

"그랬나."

"1969년 12월에 동양방송, 동아방송, 문화방송 등 민방 3사가 중계 안테나 시설과 회전 전망대, 24인승 고속 엘리베이터 두 대 등 관광시설을 겸해 공동출자로 공사를 시작했지요. 6년 만인 1975년 8월에 공사가 중단되었다가 그해 10월 체신부가 24억 원으로 이를 인수하여 완성했고."

"……."

"처음에 체신부는 남산타워를 개방할 생각이 아니었대요. 방송국 중계 안테나는 물론 주요 정부 기관의 통신 안테나도 많이 설치되어서 전파관리상의 문제가 있을 뿐 아니라 용산 쪽 군사시설을 보호하기 위해서라도 개방해서는 안 되며 개방할 계획도 없다고 당시 배상욱 체신부 장관이 언론에 밝혔죠."

막힘없이 쏟아지는 박학다식. 이제는 그다지 놀랍지도 않았습니다.

"그랬다가 1980년 전두환 때 일반에 공개하기로 정책이 바뀌었어요. 외국인 관광객 등에게 서울의 발전상과 우리 기술진의 우월성을 세계적으로 알리고 시민들에게도 휴식처를 제공한다며 1981년 10월 15일 남산타워가 처음으로 일반에게 공개되었는데, 그때 입장료가 어른 1,000원 어린이 700원이었어요. 당시 서울 시내 개봉관의 성인 극장표 가격이 1,500원 안팎이었죠."

"저기요."

참다못해 내가 껴들었어요.

"진지하게 뭐 좀 물어볼게요."

"그러세요."

"오늘 남산타워 올 거, 알고 있었어요? 그래서 미리 자료 찾아서 달달 외운 거예요?"

"알잖아요, 내 취미."

"알지요. 인터넷으로 하루 종일 옛날 신문 들여다보는 거."

"하루 종일은 아니고."

"참 대단한 분이야. 왜 서울대 안 갔을까."

"공부 취미는 별로 없어서."

내겐 참으로 완벽하고 참으로 특별한 그녀, 아는 거 많기로는 누구 따라올 인간이 없었지요. 언젠가는 오징어의 잡다한 종류와 각각의 학명, 생물학적 특성과 계보, 서식 환경, 역사상 기록에 남은 대왕오징어의 크기 순위는 물론 특유의 맛과 영양을 살리는 요리법들에 이르기까지 삼십 분 넘게—면접을 앞두고 준비했던 예상 질문에 대답하듯—늘어놓는 바람에 기가 질리고 만 적도 있었어요. 더욱 특이한 것이라면 그렇게나 다방면으로 넓고 깊은 상식을 가진 그녀가, 어떤 부분에 대해서는 영 상식이 통하지 않았다는 점이었지요. 요컨대 숭례문의 역사와 건축학적 의미, 2008년 방화 사건의 막전막후와 이후의 복원 사업에 관련한 구조적 문제점까지 입으로 다큐멘터리를 찍듯 거침없이 소개할 줄 아는 그녀는, 그러나 고소영과 장동건이 부부이며 김태희와 비가 사귄다는 상식 아닌 상식 앞에서는 홍어회를 처음 접하는 외국인과 같은 얼굴이 되는 것이었습니다. 초끈이론이니 재정신청이니 상장지수펀드니, 알 듯 모를 듯 전문용어들이라면 구체적인 사례와 학술적 연보까지 들어가며 장황하게 소개할 줄 아는 그녀지만 〈달의 요정 세일러문〉이 어느 나라 애니메이션인지 알지 못한다는 점이었어요. 어느 편이 더 바람직한 박학이고 다식인지, 숭례문인지 고소영인지, 초끈이론인지 세일러문인지, 나 역시 알지 못할 노릇이었지만.

천년의 사랑

"어라, 이 아이씨 그 아이씨 아냐?"

예의 아이씨 발음부터가 밥맛없어 죽을 듯 불량한 목소리. 슬며시 고개 쳐든 내가 빌어먹을 망했다, 속으로 중얼거렸습니다. 어두운 숲길 계단을 올라오다가 우리 앞에 멈춰 선 두 남자. 개중 한 명이 정확하게 한 시간 전, 주차장에서 만났던 악어 팔뚝이었어요. 얌전히 갈 길 가지 사람을 알아보고 난리람. 알아봤으면 그만이지 아는 척은 왜 하고 난리람. 엄마 말 잘 듣는 쌍둥이처럼 똑같은 쥐색 기지바지와 팥죽색 가죽구두, 상체를 옥죄는 검정 티셔츠를 챙겨 입은 두 사내는 심하게 취해 있었어요. 누구 못지않은 애주가로서 그날따라 술을 마시지 않은 상태였기에 코끝 달큼하게 와 닿는 술기운의 강도를 쉬 짐작할 수 있었지요. 그 짧은 새 말술을 퍼마셨을까. 아까부터 술에 취해 있었던 것일까. 곁에 앉은 N이 내 팔을 붙들고 어깨 뒤로 몸을 숨기더군요.

"으와 데이트하시네? 와 씨발 이쁘다."

악어 팔뚝이 그녀와 나를 둘러보며 더럽게 씹어댔습니다. 짧은 시간 빌고 또 빌었습니다. 이 또한 지나가리라. 지나가려면

어서 빨리 지나가시라.

"야 씨발 가자 가."

길고 넓적한 얼굴에 김밥처럼 굵은 구레나룻을 기른 동료가 재촉했어요. 하지만 악어 팔뚝은 그럴 마음이 없었죠.

"잠깐만, 아까 주차장에서 만난 아저씨라니까. 길 막고 존나게 인상 쓰던."

"뭐 어쩌라고."

"잠깐만 있어봐……. 아이씨. 어이 아이씨."

두껍고 뜨끈한 손바닥이 어깨를 툭툭 건드리더군요. 가슴에서 불이 일었습니다. 그 버릇없는 손목을 잡아 비틀고는 맵게 따귀를 갈겨주었습니다. 철썩! 그러고 싶었습니다. 그러나 꾹 참았습니다. 섣불리 나섰다가는 내가 그렇게 될 터였으므로.

"기분 나빠? 에? 아까 기분 좆같았어요? 지금도 좆같아요?"

"아이 새끼, 됐으니까 가자고."

"잠깐 있어봐. 아이씨. 사람 말 안 들려? 운전도 씨발 좆같이 하면서."

작렬하는 술 냄새가 더러웠습니다. 건들거리는 목소리는 그보다 더 더러웠습니다. 아, 전생에 힘없고 죄 없는 사람을 때려

죽인 적이라도 있었던가. 그 벌을 지금 받고 있는 중인가. 내 어깨 뒤로 바싹 숨은 그녀가 몹시 두려워 떨고 있었어요. 참담했지요. 이거 죽겠구나. 정말이지 난처해 죽겠구나.

"저기…… 가던 길 가시죠 그냥."

돌계단에 쪼그려 앉은 채, 차마 일어서지도 못하고, 고개만 쳐들고는 비굴하게 웃어 보였습니다. 해맑은 병신처럼.

"아깐 제가 실수했습니다. 사과할 테니 기분 푸세요."

악어 팔뚝이 구레나룻을 돌아보았어요. 키들키들 어깨를 떨며 웃더군요.

"야 씨발 가자 가. 캔맥주 마시자."

두 마리 불한당이 그제야 어물쩍 눈앞에서 사라지더군요. 저벅저벅. 등 뒤로 여유작작 멀어지는 발소리. 비로소 이를 악물었습니다. 씨발. 세상에 이런 불의가 있나. 세상에 이런 원통이 있나. 눈물이 조금 날 것 같았어요. 병신 같은 내 꼴이 저주스러웠어요. 어린 새끼들이 사람을 두 번 병신 만드네.

"저기요!"

그때였어요. 온몸의 털이 바짝 곤두설 사건이 터지고 만 것은. 내 힘으로는 막지도 돌이키지도 못할 사단이 수박 쪼개지

듯 쩍 벌어지고 만 것은. 화가 났던 것일까. 화를 참을 수 없었던 것일까. 발딱 일어선 그녀가 그 작자들의 뒤통수에 대고 맵게 쏘아붙였던 것입니다. 아뜩했습니다. 아이고, 지금 뭐 하는 거예요. 허둥지둥 말려보려 했지만 지옥문은 이미 열린 뒤. 걸음을 멈춘 악어와 김밥이 삐거덕 고개 돌리더니 그녀와 나를 노려보았어요.

"왜 자꾸 시비예요? 깡패면 다예요?"

품 안의 비수를 던지듯 또박또박 따져드는 그녀의 강단진 목소리. 파랗게 독 오른 얼굴. 눈앞이 거듭 캄캄해졌어요. 시련이로구나. 최악이로구나.

"허허 참."

이번에는 악어가 아니라 김밥이었지요. 이 상황이 유쾌해서 견디기 힘들다는 듯, 만면에 온화한 미소를 머금은 그가 두 손바닥을 마주 비비며 저벅저벅 세 걸음을 다가왔어요.

"뭐라고 아줌마? 다시 말해봐."

다행인지 불행인지, 아마도 불행일 테지만, N은 요만큼도 기가 죽지 않았습니다. 그 반대였습니다.

"가만히 있는 사람에게 왜 자꾸 시비를 거냐고. 깡패면 다냐고."

"우리가 씨발 언제 시비를 걸었다고."

"그랬잖아 방금. 운전 좆같이 한다고. 기분 좆같으냐고."

"……허허."

"모르는 사람에게 그렇게 막말해도 되는 거야? 깡패인지 동네 양아치인지, 사람이 사람처럼 안 보여?"

그녀가 연신 기세 좋게 비수를 날리고, 온화하던 미소를 슬그머니 거둬들인 김밥이 고개 돌려 제 동료를 바라보고, 악어는 어깨를 떨며 키들거리고. 하지만 나는 울고 싶었어요. 소리 내어 엉엉 울고 싶었어요. 어쩌나. 양해를 구하고 미리 119에 구조 신고를 해야 하나.

"그래서. 씨발 그래서 뭘 어쩌라고 응?"

"사과해요!"

두부라도 자를 듯한 근엄과 단호. 이런 면이 있었구나. 덕분에 아주 죽겠구나.

"이분에게 사과하라고요. 무례하게 군 거."

"우헤헷."

등 뒤에서 악어가 웃었어요. 소름 오싹 끼치도록 쾌활한 웃음소리. 김밥 구레나룻이 팔짱을 끼고 턱을 쳐들었어요. 악어와 달리 그는 기분이 점점 더 안 좋아지는 것 같았어요.

"못 하겠다면?"

나이 어린 연인 한 쌍이 소곤거리며 계단 아래로 내려오다가, 이편의 험악하기 그지없는 상황을 발견하고는 어머나 무서워라 슬그머니 물러섰어요. 저기요, 이러지 마시고……. 더 지켜보지 못하고 그 사이에 껴든 내가 두 팔을 흔들어 보였습니다. 아니, 상상만 했을 뿐 감히 나서지 못했습니다.

"사과 못 하겠다면 어쩔 건데 씨발년아."

"못 하겠어?"

"못 하겠다 씨발년아. 어쩔래. 잡아먹을래? 좆이라도 빨래?"

"쓰레기 새끼들."

"허허, 이런 좆같은 개씨블년이……."

억센 손아귀가 그녀의 머리채를 와락 움켜쥐었습니다. 움켜쥐고는 사정없이 흔들어댔습니다. 이 초가량? 차마 눈 뜨고 못 볼 만큼 포악한 행동은 그러나 오래가지 않았습니다.

휙.

순간 플래시 불빛처럼 허공을 가르는 무엇을 본 것 같아요.

그녀의 주먹 같았어요. 날렵한 주먹이 녀석의 턱 아래 어디를 톡, 가볍게 끊어 치는 것 같았어요. 하도 순식간이라 확실치는 않지만 목울대 근처 어디쯤이었던 것 같아요.

그녀를 만나는 곳 100미터 전

"컥."

살짝 스쳐간 것 같은데, 이를테면 정통으로 와그작 얻어맞은 것도 아닌데, 그런 것 같은데, 입을 떡 벌린 구레나룻이 어쩔 줄을 모르더군요. 잘은 모르겠지만 숨이 막힌다는, 숨을 쉴 수 없어 답답하다는 표정이었지요. 지켜보기 안타까운 그 모습 역시 오래가지 않았어요. 춤추듯 빙그르 한 바퀴 몸을 돌리며 N이 한 걸음 나아갔습니다. 그러고는 날카롭게 접어 세운 팔꿈치로 녀석의 안면을 후려갈겼습니다. 강력하고 정확한 백스핀 엘보. 덜커덕 턱뼈 돌아가는 소리. 목을 잡고 괴로워하던 녀석이 억 소리도 못 내고 꼬꾸라졌습니다. 계단 위에 길게 뻗은 두 다리가 푸드득, 요동쳤습니다. 꿈인가. 지금 꿈을 꾸고 있는가.

"뭐야. 씨발 이거 뭐야?"

정녕 꿈을 꾸는 것이라면 나 혼자 꾸는 꿈은 아니었지요. 악어 문신이 발을 동동 굴렀어요. 길게 뻗은 친구의 몰골과 그녀의 얼굴을 번갈아 바라보면서. 발정 난 고양이처럼 캬릉 캬르릉 쇳소리를 내면서.

"너 이 썅년아 이리 와봐."

친구의 복수를 위해 씨근덕씨근덕 달려드는 녀석을 그녀가 힘차게 걷어찼습니다. 퍽. 사타구니 깊숙한 곳에 가죽 부츠가 정확하게 작렬. 지켜보던 내 미간이 절로 찌푸려지더군요. 지켜보던 내 아랫배가 절로 땅기더군요. 터진 거 아니겠지. 성불구 되는 것은 아니겠지.

"아이고고 씨발년…… 너 죽었……."

허리 꺾은 악어가 죽을 듯 주춤거리고, 단 몇 초 사이에 무슨 년 무슨 년 평생 들을 욕을 다 들은 그녀가 허공으로 풀쩍 날아올랐어요. 엄청난 높이였지요. 그러고는 재주라도 넘듯, 순식간에 악어의 등 뒤에 찰싹 달라붙었습니다. 그 굵은 목덜미에.

"놔! 씨발 이거 놔!"

녀석이 미친 곰처럼 발버둥쳤습니다. 대롱대롱 매달린 그녀의 두 팔은 좀처럼 떨어지지 않았어요. 숨이 막히는지 악어의 온 얼굴이 시뻘겋게 일그러지더군요.

아아, 저것은?

니어 네이키드 초크?

머리에 불이 붙은 사람처럼 필사적으로 몸을 털어댔지만, 그 목덜미에 대롱대롱 악착같이 매달린 그녀는 견고히 걸어맨 팔을 풀지 않았습니다. 마침내 악어가 풀썩 주저앉았습니다. 초점 잃은 두 눈. 표정 없는 얼굴. 갸우뚱 기울어지는 고개. 실신하고 만 것입니다.

아기처럼 품에 기대어 잠든 녀석을 밀쳐내고 N이 천천히 일어섰어요. 통나무처럼 쓰러져 뒹구는 사내들을 내려다보며 소매를 툭툭 털더군요. 그러고는 얼이 쏙 빠진 나를 향해 어깨를 으쓱.

"나 잘했죠?"

내 마음 갈 곳을 잃어

초크. 격투기에서 경동맥에 압박을 주어 상대를 기절시키는 기술. 심장에서 뇌와 얼굴로 가는 혈액의 80퍼센트를 공급하는 경동맥을 적절히 압박할 경우, 혈액 속 산소가 결핍되며 누구든 십 초 이내에 의식을 잃고 만다. 경동맥은 뇌에 혈액을 공급하는 내경동맥(속목동맥)과 머리와 얼굴에 혈액을 공급하는 외경동맥(바깥목동맥)으로 나뉘는데, 이 두 가지 경동맥을 최대한 효과적으로 압박할수록 강력한 기술이 된다. 초크에는 트라이앵글 초크, 길로틴 초크, 리어 네이키드 초크 등의 종류가 있는데, 이중 한 가지 리어 네이키드 초크는 상대방을 뒤에서 품에 안고 목을 졸라 경동맥을 압박하는 기술이다. 이때 상완골(위팔뼈)과 요골(노뼈, 아래팔에서 엄지손가락 쪽에 있는 긴뼈)과 이등변삼각형의 양쪽 변으로 삼아 뒤에서 상대의 목을 압박하되, 꼭지각의 각도가 좁아들수록 효과적으로 경동맥을 압박할 수 있다. 더불어 다른 팔로는 상대방의 고개를 눌러주어 경동맥을 더욱 더 압박하는 것이 효과적이다. 일반적으로 성인이 300mmHg의 강도로 경동맥의 압박을 받을 때, 십 초 이내에 뇌의 일시적 저산소증과 함께 뇌세포의 손상이 시작된다. 기술이 일단 효과를 보았을 경우, 정상으로 회복되는 데는 삼사 분이 소요된다. 2006년 UFC73에서 브라질의 라이트헤비급 헤나토 에닝요는 상대 선수가 기권을 선언하는 탭을 하며 경기가 중단되었음에도 고의로 무려 사 초 동안 이 기술을 풀지 않아…….

미워도 다시 한 번

"칼리아스?"

"칼리아르니스, 시스테마, 크라브마가. 전부 실전 무술이에요. 맨손으로 사람 죽이는."

"무슨 커피 이름 같네. 그걸 전부 배운 건가요."

"흉내 좀 냈죠. 배웠다기보다."

"그 사람들, 죽은 건 아니겠지요?"

"걱정 마요. 기술 반도 안 들어갔으니까."

"맙소사. N은 꼭……."

"꼭 뭐요."

"사람 놀래려고 태어난 사람 같아요."

"고마워요. 칭찬 맞죠?"

막강 근육질 터미네이터에 당당히 맞선 인류 최후의 전사 사라 코너. 선글라스와 스판 재킷과 가죽 코트의 트리니티. 우주에서 가장 고독한 에일리언 킬러 리플리. 대검을 젓가락처럼 휘두르던 복수의 화신 베아트리스 키도. 〈나홀로 집에〉 출신이자 현재 쉴드 소속 블랙 위도우. 늑대인간을 사랑한 흡혈 여인 셀린느. 죽어도 죽지 않는 좀비의 여왕 앨리스. 정의롭고 강력하고 게다가 아름답기까지 한 영화 속 여전사들. N은 그녀들과 달랐습니다. 그녀들이 괴생명체로부터 우주화물선 노스트로모호의 승무원들을 보호하고 죽어도 죽지 않는 T1000으로부터 어린 존 코너의 생명을 지켜내며 매트릭스에 갇혀 있던 네오 안의 '더 원'을 일깨워준 히로인이라면, N은 야만하고 무법한 진짜 세상의 위협으로부터 나만을 지키고 보호해주는 수호천사였습니다. 그녀들이 스크린 속에서만 강인하고 아름다울 수 있는 반쪽짜리 전사라면, N은 언제나 내 곁에 존재하며 만질 수 있고 대화할 수 있고 키스할 수 있는 지구 최강의 여전사였습니다. 그리고 그것은 남부끄러워 내 안에 은밀히 간직해 두었던 나만의 마지막 로망과 정확하게 일치하는 모습이었습니다. 세상에 이런 법이 있을까. 이렇게 감격스러울 수가 있을까. 드디어 완성된 마음속 그리움의 마지막 퍼즐 한 조각.

"아이, 왜 이래요 갑자기."

주차장 구석에 세워놓은 차 안에 들어가, 지나가던 누가 지켜보건 말건 격하게 그녀를 끌어안았어요. 입술 점막이 벗겨지도록 뜨겁고 촉촉한 키스를 멈추지 않았어요. 두근두근 미치도록 설레는 가슴의 북소리가 도통 멈추지 않았어요. 눈 감아도 눈 떠도 온 세상이 수줍고 달콤한 핑크빛이었어요. 이제까지 진정으로 그녀를 사랑했다면, 이제부터 진정으로 그녀에게 눈이 멀고 말 터였어요. 한참 만에 입술을 거두고 쌔근쌔근 가쁜 숨을 골랐어요.

"헤어지지 않을 거예요."

뜬금없지만 그 이상 절실할 수 없는 고백.

"……뭐라고요?"

"안 헤어질 거라고요. 앞으로 무슨 일이 있더라도. 절대로. 내가 안 놔줄 테니까."

"……."

"듣고 있나요? 영원히 곁에 있을 거예요. 평생 바라볼 거예요. 무슨 일이 있어도 이 마음 변하지 않을 거예요. 세상 모든 게 변하고 그 진리마저 변한다 해도, 이 다짐만은 영원할 거예요."

마음. 사무치도록 사무치는 마음. 간만에 술 한 방울 안 마셨건만 자꾸 비장해지는 마음. 그런데 사무치는 마음 바로 곁, 이 슬픔은 무엇일까. 쓸데없이 울컥 슬퍼지려는 마음은 또 어떤 종류일까. N이 나를 빤히 바라보았습니다. 바닥 깊은 미소를 앞니와 아랫입술 사이에 곱게 깨문 채로.

"그런 거 하지 말아요."

"뭘요."

"지키지 못할 다짐."

"왜 지키지 못할 다짐인가요. 어째서 그렇게 생각하는 건가요."

"그건."

뭐라고 대답하려다가 말고 가만가만 한숨을 뱉어내더군요. 그러더니 나를 안아주었어요. 그게 그저 좋아서, 열 마디 말보다 가만히 안아주는 것이 더 좋아서, 눈 감은 채 얌전히 몸을 맡기고 있을 수밖에 없었어요. 안아주는 몸에서 좋은 냄새가 났어요. 옷감의 감촉도 상쾌하고 그 너머 살의 감촉도 부드러웠어요. 그때 문득 타임캡슐이 떠올랐어요. 자랑스러운 후손을 위해 2485년에 개봉될 예정. 그 안에 뭐가 들어 있을까. N과 나 사이의 어떤 것과 관련 있는, 그렇다고 할 수 있는, 그런 물건 아닌 물건이 있지는 않을까.

(아무리 애를 쓰고 막아보려 해도) 너의 목소리가 들려

어느 해보다 짧고 아름답던 겨울이 끝나고 그보다 짧은 봄이 스치듯 지나가고 있었습니다. 3월 지나 4월. 훗날 어느 4월보다 각별한 계절로 기억될 4월 마지막 주말. 을지로 쇼핑센터에서 그날의 거의 3분의 1에 해당하는 시간을 N과 함께 보냈어요. 1층 로비에서 만나 지하 1층으로 내려가 커피를 마시고 본격적으로 지하 1층과 4층과 5층을, 민가 야산에서 탈영병의 흔적을 수색하듯 샅샅이 뒤졌습니다. 나를 위한 갈색 스웨터와 가죽지갑을 고르기 위해서였지요. 그러고는 시간 맞춰 9층으로 올라가 영화를 보았으며 영화 끝나고는 쉴 새 없이 8층 식당가로 자리를 옮겼어요. 어느새 일곱시 사십분. 시간 참 빠르구나 그러니 겨울과 봄이 그렇게도 짧았을밖에. 일식집에 앉아 회 정식 2인분을 시키고 조그만 사기잔에 따끈한 정종을 따라 계절의 마지막을 자축했지요.

"생일 축하."

"선물 고마워요. 잘 입을게요. 지갑도."

"지갑 열 때마다 내 생각 안 해도 돼요."

오늘은 내 생일, 우리 나이로 딱 서른다섯 살 되는 날이지요. 30대의 딱 한가운데. 김광석의 〈서른 즈음에〉를 슬슬 잊어야 할 나이. 칠순도 쑥스럽다며 안 챙기는 사람들이 많다지만, 칠순까지 딱 절반.

"그런데 생일 언제인지, 정말 말 안 해줄 건가요?"

"때 되면 알려준다니까."

"5월? 7월? 11월?"

"몰라도 돼요, 아직."

"참 이상한 분이야."

"나 이상한 거 이제 알았나요."

"아뇨."

이상하다마다. 세상 가장 이상하고 특별하고 사랑스러운 나의 연인. 지난 7개월 쉬지 않고 달려온 우리 만남 또한 그렇게나 이상하고 특별한 구석이 적지 않은 편이었지요. 서른다섯 동갑임에도 아직까지 존칭을 오락가락 섞어 쓰고 있는 점이 그러했어요. 말을 아예 트는 게 어떻겠냐는 제안은 아직 그녀도 나도 정식으로 해본 적이 없었는데 나 같은 경우는 그럴 필요성조차 느끼지 않고 있죠. 애틋한 감정의 거리에 비해 서로에 대해 아는 부분이 그다지 많지 않다는 점 또한 그러했어요. 이북 출신 아버지는 일찍 돌아가셨고 대전에 식당 차리고 자리 잡은 형 내외가 어머니를 모시고 있으며 나로 말하자면 마포의 고만고만한 출판사에서 팀원 두 명뿐인 편집부 팀장으로 밥벌이를 하며 성남 태평동의 지어진 지 8년 된 방 두 개짜리 고만고만한 연립주택에서 혼자 3년째 살아가고 있다는, 모르긴 몰라도 나에 대해서 N이 알고 있는 것들이 이상의 정보들보다 크게 많지는 않을 줄로 압니다. 묻지도 않고 나서서 알려준 적도 없으니까. 그다지 중요치 않은 잡담으로 허비하기에 둘만의 시간들은 너무 짧았으니까. 나 역시 그보다 나을 게 없는 편이었지요. 초등학교 때 어떤 아이였는지 중학교 고등학교를 어느 동네에서 다녔는지 대학은 나왔는지, 가족관계가 어떻게 되는지 언니가 한 명 있다고 들은 것 같은데 어디 사는지 결혼은 했는지, 집 근처인 강남역 어딘가에서 화요일을 제외한 매일 저녁 다섯시 삼십분까지 일을 하는 것은 분명한데 그게 대충 어떤 종류인지도 모르고 있으니. 생일이 언제인지 4월인지 7월인지 11월인지조차 아직 모를 정도니. 하지만 이러한 상황이 아직은 피차 섭섭하지도 불편하지도 않으니 참으로 다행. 서로 아끼는 상대임에도 지나치게 많이 아는 대신 아는 게 별로 없는 상황만큼 진귀한 관계가 없음을 내가 그렇듯 그녀도 잘 알고 있으리라 믿습니다. 애써 알려고 하거나 알려주려고 하지 않을 뿐 서로에 대해 관심이 없는 것은 아니니까. 그보다 중요하고 반가운 행사들이 둘 사이에 너무 많아서 문제일 따름이니까.

"혼자 갈 수 있어요."

"늦었잖아요."

"이제 겨우 열시인데."

"어쨌거나 밤길 위험해요. 게다가 N은 너무 예뻐서."

팔뚝 굵은 악어 문신과 김밥 구레나룻을 단숨에 때려눕힌 게 누구였더라. 강남역에서 버스를 내려 그녀의 집이 있는 방향으로 함께 걸었어요. 밤바람이 조금 쌀쌀하더군요. 횡단보도를 막 건너는데, 저편에 행인들의 시선을 잡아끄는 장면이 한창 진행 중이었어요. 강남대로 큰길가. 지오다노 매장 불빛이 환한 길 한가운데 서서 누군가 싸우고 있었습니다. 마주 선 20대 남녀. 상대를 향해 삿대질을 해가면서 발악하듯 고래고래 소리를 지르더군요. 하도 극적인 상황인지라 영화를 촬영하나 했는데 아니었어요. 힐끔거리며 지나가는 행인들 속에 섞여, 우리도 그네들을 힐끔거리며 지나쳤습니다. 새파랗게 화난 얼굴. 노기등등한 눈빛. 분노에 질식한 나머지 주변의 불편한 시선들 따위는 오래전에 잊은 것 같더군요. 그러니 서로에게 퍼붓는 독기의 언어들이 얼마나 맵고 쓰고 해로운지 굽어볼 겨를 또한 없을 테지. 안쓰러웠어요. 스쳐 가면 그만일 남의 일이지만 왠지 안타까웠어요. 세상 가장 이상하고 특별한 우리 만남에 대해 잠깐 이야기했지만 지난 7개월 동안 서른 번을 넘게 만나는 동안 경미한 말다툼 한 번 해본 적이 없었던 사실을 그 한 가지로 내세울 수 있을는지 모르겠네요. 왜 싸울까. 도대체 싸울 일이 뭐가 있을까. 저렇게 젊고 예쁘고 잘생긴 인간들이. 라일락 향기 가득한 4월 밤거리에 서서, 강남대로 한복판에 라일락 향기가 나지는 않겠지만, 어째서 상대방에게 사랑의 인사 아닌 저주의 욕설을 내뱉고 있을까. 불과 얼마 전까지만 해도 세상 가장 각별한 사이였을 텐데. 좋다고 안고 안겨서 영원을 속삭이며 뜨겁게 입을 맞췄을 텐데.

"왜 싸울까요."

"싸울 만하니 싸우겠지요."

"어쩜 그렇게 미친 듯이 화를 내나."

"미친 듯이 화가 났나 보죠."

"여자가 잘못한 걸까요, 남자가 잘못할 걸까요. 두 사람 다 뭔가 잘못이 있겠지?"

"글쎄요. 둘 다 아무 잘못 없을지도."

"응?"

"싸울 때가 되면 싸우는 거라고요. 별다른 잘못이나 실수가 없더라도. 돈을 떼먹거나 바람을 피우지 않더라도."

"싸움 전문가예요?"

"글쎄요."

"그럼 우리도, 언젠가는 그렇게 될까요. 싸울 때가 되면."

봄밤. 봄의 밤. 나란히 걸으며 그녀의 손을 꼭 쥐었어요.

"그럴 때면 저 친구들처럼 나한테 고래고래 소리치고 욕할 건가요? 저렇게 사람 많은 데서?"

"모르지요."

"때리기도 할 건가요? 설마 백스핀 엘보?"

"모르지요. 미친 듯이 화가 난다면."

"오오. 오오오."

"왜, 기대돼요?"

사랑의 서약

간섭. 집착. 착각. 편견. 오해. 갈등. 거짓. 회피. 불신. 의심. 질투. 불만. 증오. 권태. 망각. 사랑에 빠진 이들이 너무도 허술하게 빠져들곤 하는 마음의 질병 관계의 그늘. 세상에 흔해빠진 연애소설과 일일연속극 가운데 저 질병 저 그늘의 힘을 빌지 않고 줄거리를 이끌어가는 작품이 있을까요. 사랑의 기쁨과 슬픔에 잠 못 드는 세상의 숱한 사람들 가운데 저 지독한 원죄에 눈먼 적 없는 이들이 있을까요.

12월 중순. 바람 불고 마른 잎 날리듯 얼결에 맹세한 것이 있었어요. 그녀 없는 저녁 술자리. 고교 동창 송년 모임에서였지요. 돼지갈비집에 우르르 모여 앉아, 소주 몇 잔에 취기가 살살 올라오고, 최근에 결혼한 친구의 담배 끊는 이야기와 최근에 와이프가 둘째를 임신한 친구의 극성스러운 장모 이야기와 최근에 이혼하고 다니던 직장마저 그만둔 친구의 변리사 시험 준비 이야기가 한창 시끄럽던 즈음이었지요. 그녀가 문득 떠올랐어요. 문득 사무치게 보고 싶어졌어요. 회비 5만 원 낸 게 아깝지만 당장이라도 이 난리법석 시끄러운 자리를 빠져나와 그녀에게 찾아갈까 고민하다가, 낯부끄럽도록 느닷없는 사랑의 서약을 나 홀로 해보았던 것입니다.

장차 여하한 경우건 그녀에게, 그녀를 둘러싼 어떤 대상에 대해 간섭하지 않겠다고, 장차 여하한 경우건 그녀에게, 그녀를 둘러싼 어떤 대상에 대해 집착하지 않겠다고, 장차 여하한 경우건 그녀에게, 그녀를 둘러싼 어떤 대상에 대해 편견하지 않겠다고, 장차 여하한 경우건 그녀에게, 그녀를 둘러싼 어떤 대상에 대해 오해하지 않겠다고, 장차 여하한 경우건 그녀에게, 그녀를 둘러싼 어떤 대상에 대해 갈등하지 않겠다고, 장차 여하한 경우건 그녀에게, 그녀를 둘러싼 어떤 대상에 대해 거짓하지 않겠다고, 장차 여하한 경우건 그녀에게, 그녀를 둘러싼 어떤 대상에 대해 실망하지 않겠다고, 장차 여하한 경우건 그녀에게, 그녀를 둘러싼 어떤 대상에 대해 회피하지 않겠다고, 장차 여하한 경우건 그녀에게, 그녀를 둘러싼 어떤 대상에 대해 불신하지 않겠다고, 장차 여하한 경우건 그녀에게, 그녀를 둘러싼 어떤 대상에 대해 의심하지 않겠다고, 장차 여하한 경우건 그녀에게, 그녀를 둘러싼 어떤 대상에 대해 질투하지 않겠다고, 장차 여하한 경우건 그녀에게, 그녀를 둘러싼 어떤 대상에 대해 불만하지 않겠다고. 장차 여하한 경우건 그녀에게, 그녀를 둘러싼 어떤 대상에 대해 증오하지 않겠다고. 장차 여하한 경우건 그녀에게, 그녀를 둘러싼 어떤 대상에 대해 권태하지 않겠다고. 장차 여하한 경우건 그녀에게, 그녀를 둘러싼 어떤 대상에 대해 망각하지 않겠다고. 장차 여하한 경우건 그런 일이 발생한다면 그것은 전적으로 그녀가 아니라 내 책임이고 내 잘못이므로 즉시 사태를 바로잡기 위해 죽음마저 불사하겠노라고. 아직 그녀에게 고백 못 한, 아마도 그녀를 비롯한 누구에게도 영영 드러내어 밝히지 않을, 장차 내 안에 소중히 간직하고 지켜갈 생애 단 한 차례 눈물겨운 다짐들.

그녀의 과거가 어떠하건 나와는 하등 상관없는 일이겠지요. 그녀가 아름답게 추억한다면 다행스럽고 아프게 기억한다면 안타까울 뿐인, 다만 지나가서 돌아오지 않는 과거니까. 그러니 편견하고 불만하며 증오할 일이 무엇일까.

그녀가 현재가 어떠하건 나와는 전혀 상관없는 일이겠지요.

그녀 혼자 감당하기로 마음먹었다면, 조언이나 도움을 청하기 전까지 내가 무례하게 나서서는 안 되는 그녀의 현재니까. 그러니 집착하고 오해하고 불신할 일이 무엇일까.

사실이 어떻다 해도, 그녀가 성실한 남편과 전교 부회장 딸을 가진 유부녀라 해도. 사실이 어떻다 해도, 그녀가 귀환을 눈앞에 둔 남파 12년차 고정간첩이라 해도. 사실이 어떻다 해도, 그녀가 30억대 사기극을 벌이고 도주 중인 경제사범이라 해도. 사실이 어떻다 해도, 그녀가 치앙마이 차오프라야병원에서 거듭난 성전환자라 해도. 사실이 어떻다 해도, 그녀가 냉동실에 토막 난 인육들을 보관한 살인마라 해도. 사실이 어떻다 해도, 그녀가 인간으로 변신한 16우주의 지적외계생명체라 해도. 사실이 어떻다 해도, 그녀가 720년 후 미래에서 온 전투용 사이보그 T-1002라 해도. 사실이 어떻다 해도, 변함없이 그녀를 사랑할 자신이 있었습니다. 이 갸륵한 사랑이 쉬 허물어지지 않을 자신이 있었습니다. 지금과 같다면. 그녀가 내 곁에만 있어만 준다면.

미래타워가 있는 골목에 들어서서 다섯 걸음. 영영 잊히지 않을 장면이 그때 문득 시작되었습니다. 그녀와 나를 둘러싼 세상이 그때 꼴까닥 뒤집어지고 말았습니다. 먼저 그녀가 걸음을 멈추었어요. 천천히 속도를 늦추는 게 아니라 급브레이크를 밟듯 다급하게.

"왜 그래요?"

이상했어요. 뭔가 많이 이상했어요. 4월 아니라 1월 찬바람에 하얗게 얼어붙은 그녀의 얼굴. 숨 쉬는 것마저 잊은 채 골목 저편 어둠을 멍히 주시하는 그 눈빛. 영문 모를 노릇이었지만, 일단은 몹시도 안쓰럽더군요.

골목 어디쯤, 우리가 있는 곳에서 25미터쯤 떨어진 위치에, 누군가 있었어요. 세 명? 네 명? 서성이는 사람 그림자들. 미래타워. 그녀가 사는 빌라 앞이었습니다.

"누구…… 아는 사람들이에요?"

N은 대꾸가 없었어요. 지금도 잊을 수 없는 그 표정.

"저기, 말 좀 해봐요."

그러자 느닷없이 내 손을 잡더군요. 두 손으로 두 손을. 절박하게.

"부탁이 있어요."

"말해요."

"가주세요."

나와 한 차례 눈을 마주쳤다가, 슬그머니 고개 돌려 저편에 선 사람들을 힐끔거리더니, 힘없이 손을 놓더군요.

"그만 가세요. 부탁이에요. 아무것도 묻지 말고."

"……."

"걱정 마요. 아무 일 아니에요. 그러니 오늘은 이만."

미안하게도 그 간단한 부탁을, 빌어먹을, 들어줄 수가 없었어요.

"저 사람들 때문인가요."

"……."

"누군가요. 뭐 하는 사람들인가요."

4월 아니라 1월 찬바람이 어두운 골목에 휘몰아쳤어요. 멀리 자동차 경적 소리가 구슬프고, 저편 현관 앞의 사람 그림자들은 깊은 산속 나무 기둥처럼 거대해 보였어요. N이 낮게 빠르게 속삭였어요.

"미안해요, 충분히 설명해주지 못해서."

지난 7개월을 통틀어 그 순간만큼 그녀가 낯설었던 적은 없었지요.

"나쁜 사람들 아니에요. 나한테 꼭 필요한, 말하자면 그런 사람들이죠."

"사채업자?"

"농담 아니에요."

"컴퓨터 수리기사?"

"저기요."

"이 시간에 집까지 찾아오다니. 약속을 하고 온 것 같지는 않은데."

"부탁이에요. 제발 더는 묻지 말아줘요. 그리고……."

"가달라고?"

"화났나요. 화내지 마요."

"화 안 났어요. 걱정이 되어서 그러는 거지요."

"그럴 필요 없다니까요."

"지금, 어떤지 알아요? 바람 부는 벼랑 끝에 선 사람 같아요."

"아니에요. 나 아무렇지도 않아요."

"이 상황 정말 낯설군요. 그렇게까지 말 못 할 일이 뭔가요."

N이 조마조마 구슬픈 얼굴로 나를, 불 꺼진 현관 앞에 서성거리는 나무 기둥들을 번갈아 바라보았어요. 그러고는 다시 나직하게 종알종알.

"가세요. 나중에 연락해요."

냉큼 돌아서서 골목 저편으로 총총 멀어지는 뒷모습. 어찌 된 일인지 뒤쫓아갈 수 없었습니다. 손조차 뻗을 수 없었습니다. 거의 자동적으로 떠오르는 얼굴이 있었으니 언제던가 마포 사무실 근처에서 잠깐 보았던 그녀의 옛 남자였습니다. 시신처럼 창백한 얼굴. 희미하게 자리만 남은 눈썹. 보기 좋은 두상이라 더욱 안쓰러웠던 대머리. 카랑카랑 가늘고 높고 불안한 목소리로 그가 말했죠. 후회하지 않을 자신 있느냐고. 어쩔 수 없는 일이라면, 그럼에도 되도록 천천히 되도록 게으르게 사랑하라고. 가능한 한 덜 미치도록 덜 빠져들도록 신경 쓰라고. 그게 나를 위한 길이라고. 장차. 상상도 못 했던 일들을 겪게 될 거라고.

현관 앞에 선 그녀와 세 명의 남자들. 그들 가운데 한 명과 그녀가 마주 서서 대화를 나누고, 나머지 두 사람은 한발 물러서서 지켜보는 분위기였지요. 아찔했습니다. 다리가 후들후들.

들리지 않는 대화에 귀를 기울이고 있자니 문득 외로웠습니다. 강남역 안쪽의 주택가 골목이 아니라 발음하기 힘든 이름의 아프리카 밀림에 홀로 낙오된 적막함이 해무처럼 밀려들었습니다. 다행이라고 해야 하나, 견디기 힘든 시간은 오래 지속되지 않았어요. 이삼 분이나 지났을까. 카드키로 현관문을 연 그녀와 세 남자들이 미래타워 안으로 나란히 들어간 것입니다.

속절없이 발길을 돌려야 했던 그날 밤의 남겨진 시간까지, 자정 넘어 새벽이 밝아올 때까지, 다음 날 어수선한 출근 시간을 맞이할 때까지. 그녀에게 열 번 넘게 전화를 걸고 열 통 넘게 문자를 보냈어요. 통화는 끝내 되지 않았고 깨질 듯 아픈 머릿속에는 내 의지와 무관한 상상들로 넘쳐났지요. 이상하고 요상한 상상들이 눈앞에 번연히 펼쳐질 때마다 내 스스로 수치스럽고 속이 메슥거려서 참기가 힘들었어요. 침대에 드러누워 하염없이 뒤척이는 것만으로도 심하게 몸이 지치더군요. 상황을 돌이켜보면 볼수록 한마디로 꿈만 같았습니다. 무섭고 기분 나쁜 악몽의 연속. 책상 위에 올려둔, 태그도 떼지 않은 스웨터와 가죽지갑이 담긴 쇼핑센터 종이봉투가 밤새 쉬지 않고 투덜거렸습니다. 믿기지 않는 일이야. 기분 좋게 영화를 보고 저녁식사를 나누며 정종을 홀짝일 때만 해도, 강남역에서 손을 잡고 횡단보도를 건널 때만 해도, 이렇게나 외롭고 참담한 밤을 맞으리라고는 상상도 못 했지. 안 그래?

내 마음에 주단을 깔고

밤 깊은 한시 십칠분, 그녀로부터 단 한 통의 문자가 왔습니다.

걱정 많이 했죠? 이제 자려고요. 너무 피곤 ㅠㅠ 좋은 꿈 꿔요. 안녕.

그러나 난잡하게 흐트러진 마음을 달래줄 만한 내용은 아니었어요. 오히려 그 반대에 가까웠지요.

사랑이 저만치 가네

너무 아픈 사랑은 사랑이 아니었음을

마음. 세상 가장 약한 것. 사람 가진 것 가운데 가장 믿기 힘든 것. 생명 가진 것들 가운데 가장 상하기 쉬운 것. 우리 곁에 존재하는 것들 가운데 가장 알기 힘든 것. 마음. 사랑의 굳은 맹세가 무른 입가에서 막 벗어나기도 전에 누렇게 병들기 시작하였으니 부끄럽도록 슬프구나 너 마음이여. 마음이여.

5월 되어 다시 N을 만났어요. 그녀와 나를 둘러싼 세계는 달라질 것이 없었고 달라진 것이 없었습니다. 그렇게 믿기에 충분한 날이었습니다. 거리의 나뭇가지마다 명랑하도록 도랑도랑 맺힌 연초록. 청명한 하늘을 가득 채운 5월의 햇살. 명동 거리는 어느 거리 어느 골목을 가도 사람들로 가득했어요. 어린이날이었거든요. 그녀가 좋아하는 함흥냉면집에 찾아가 만두 한 접시와 잇새에 낄 만큼 얇고 질긴 면발의 회냉면 물냉면을 나눠 먹었어요. 그리고 3층 찻집의 창가 자리를 운 좋게 차지하고 거리 가득 오고 가는 이들을 구경하며 부드러운 크림커피를 마셨어요. 달라진 것도 없고 달라질 것도 없는 그녀와 나 사이에 그녀도 나도 모르는 구멍이 생겼을 뿐 아니라 점점 커지고 있을지도 모른다는 상상을, 어쩌다가 하고 말았던 것일까.

"괜찮나요."

탁자에 엎드려 거리를 내려다보던 그녀가 천천히 고개를 들었어요.

"뭐가요."

"괜찮으시냐고."

"물론 괜찮지요."

"그렇다면 다행."

"……."

"……."

"그런데 왜요."

"뭐가요."

"왜 갑자기…… 안 괜찮아 보여요?"

"글쎄요. 꼭 그렇다기보다."

"……."

"어쨌거나 이제 상관없잖아요. 괜찮으니까."

그녀는 괜찮아 보이지 않았어요 아니 괜찮지 않아 보였어요. 몸인지 마음인지 확실치 않지만 왜 그런지 평소 같은 모습이 아니었어요 아니 평소 같지 않은 모습이었어요. 그리고 그건

나 역시 마찬가지였어요. 사실을 말하자면 그녀를 만난 이후로 아니 그녀를 만나기 전부터 그랬어요. 내색은 하지 않았지만 그래서 냉면도 만두도 크림커피도 사람 많은 명동 거리의 쨍한 5월 햇살도 평소처럼 즐길 수 없었어요. 괜찮지 않은 채로, 내내 기다렸어요. 내심 애태워 기다렸어요. 말해주기를. 4월 마지막 주말 밤에 대해서. 미래타워 골목에서 느닷없이 맞닥뜨린 상황에 대해서. 먼저 따져 묻고 싶지는 않았어요. 스스로 알아서 말해주기를 바랐어요. 그러나 하염없이 길어져만 가는 기다림의 시간. 애만 바싹 타들어가는 내 속을 전혀 눈치조차 못 채고 있는가. 아닌데. 이게 아닌데. 지극히도 괜찮지 않은 불화성 연쇄반응. 이윽고 그녀가 실토했어요.

"사실은, 괜찮지 않아요."

"응?"

"아까부터 머리가 좀 아프네요. 왜 이러나."

"어쩐지."

"나 계속 인상 쓰던가요."

"약간요.

"허리도 아프고."

"생리해요?"

"시작하려나."

"말을 하지 그랬어요."

"……."

"타이레놀 사 올까요."

"참을래요."

"그럼, 음."

잠시 고민하다가, 최대한 다정한 얼굴과 목소리로 지나가듯 제안했습니다.

"일찍 들어가죠 오늘은. 몸도 안 좋은데."

그 사람들 누군가요. 그날 밤 도대체 어떤 상황이었나요. 어떤 일들이 있었는지, 어째서 말해주지 않나요. 어물쩍 넘어가도 괜찮은 일인가요. 그렇게 생각하나요. 그 정도 해명을 들을 자격조차 나에게는 없는 건가요. 좌석버스에 올라타는 그녀를 배웅하고 돌아서서는, 오래도록 참고 참았던 오줌을 아니 한숨을 길게 뱉어내었습니다.

끔찍한 일이야.

간섭 집착 오해 불신 의심.

허황되도록 굳었던 맹세가, 생애 단 한 차례 눈물겨운 다짐이, 이렇게 쉽게 허물어지고 있다니.

이별공식

끝이 아니라 시작이었어요. 켜켜이 마련된 상황 따라 무참히 진행되는 한 과정의 시작. 돌이킬 자신도 뒤바꿀 능력도 없는 입장에서는 다만 순응하거나 멀리 도망치는 것밖에는 달리 방법이 없는.

5월 두 번째 주 일요일, 그녀를 다시 만났습니다. 함께 점심을 먹기로 했지요. 문자메시지로 약속 시간과 장소를 정하면서도, 여름 반팔을 처음으로 꺼내 입고 집을 나서면서도, 지하철을 내려 지상으로 이어지는 계단을 바삐 걸으면서도, 지난 며칠의 낮과 밤이 내내 그러했던 것처럼 마음은 거뭇거뭇 을씨년스럽기만 했습니다. 맙소사 세상 누구도 아닌 N을 만나러 가는 길이 조금도 행복하지 않다니. 도대체 내게, 무슨 끔찍한 일들이 벌어지고 있는 거지?

서촌을 한참 걷고 통인시장 건너 국무총리 공관 골목 지나

북촌 일대를 또 오래도록 걸었어요. 두 시간 넘게 쉬지 않고, 손을 잡거나 눈을 바라보거나 대화를 주고받는 등의 상황을 최대한 피한 채로 다만 걷는 일에 열중했어요. 마침내 걷는 일의 피로와 어색을 더는 참기 힘들게 되었을 때, 길바닥에 떨어진 동전을 줍듯 시야에 들어온 화덕피자집에 들어갔지요. 이혼조정위원회에라도 출석한 사람들처럼 경직된 의견 교환 끝에 치킨샐러드와 고르곤졸라피자를 주문한 직후였어요. 탄산음료가 먼저 나왔는데, 검은 액체 속에서 부글부글 끓어오르는 기포를 보다가 부글부글 끓어오르는 속을 참지 못하고 그만 벌컥 내지르고 말았지요. 아침드라마 속의 연기력 떨어지는 신인 탤런트처럼.

"좀 너무하는 거 아닌가요."

"……."

"말 좀 해봐요. 응?"

그날도 어김없이 기다렸지요. 서촌과 북촌 거리들을 열심히 걷고 또 걸으며, 지난 며칠의 낮과 밤 내내 그랬던 것처럼, 애가 타고 기다리고 또 기다렸어요. 그녀가 먼저 나서주기를. 내 안에 여전히 남아 하루에도 서른여섯 번씩 나를 괴롭히는 지난

4월 밤의 기억에 대해 아무런 해명이라도 하다못해 변명이라도 해주기를.

내 입가가 얼마나 표독스럽게 일그러졌을지 기억 못 해요. 내 눈빛이 얼마나 살벌하게 번득였을지 기억 못 해요. 내 목소리가 얼마나 야비하게 변했을지 기억 못 해요. 그간 끊임없이 나를 긁고 할퀸 괴롭힌 의혹들과 그로써 덧입은 상처들과 그로써 검게 싹튼 분노의 마음들을 얼마나 경멸스럽고 천박한 언어로 드러내고 말았는지 기억하고 싶지 않아요. 단박에 시무룩해진 N. 눈물을 쏟을 듯 탁자 한곳만 내내 응시하고 있었어요. 빌어먹을 노릇이지만 그 가련한 모습이 조금도 가련해 보이지 않았어요.

"미안해요. 정말 미안해요."

"뭐가 미안한가요."

"그렇게 힘들어하는 줄, 정말 몰랐어요."

"그런 소리는 듣고 싶지 않고."

"……."

"누군가요, 그 사람들."

"……."

"도대체 그 늦은 시간에 왜들 우르르 몰려온 건가요. 집에 가서는 뭐 했나요."

"……."

"어떤 이야기건 상관없어요. 실망도 하지 않고 화도 내지 않을 거예요. N을 미워하지도 욕하지도 않을 거예요. 그러니 솔직하게 말해줘요. 제발."

애처럼 징징거리는 내 모습이 얼마나 추했을까. 한숨을 길게 두 번 내뱉은 그녀가 대꾸했어요.

"사촌들이에요. 전주에 사는데, 서울 왔다고 들른 거예요. 차 한잔 마시고 갔어요."

"……."

"……."

"그 말을 믿으라는 건가요."

"……."

"왜 이러는 건가요. 도대체 뭣 때문에."

"……."

"자꾸 이러는 내가 나도 한심해요. 한심하고 짜증 나요. 나도 이러고 싶지 않다고요."

"……"

"솔직하게 말해줘요. 자꾸 이상한 생각을 하게 된다고요. 입에 담기도 끔찍한 상상을. 그거 아니잖아요. 내가 아는 N은 이렇지 않았잖아요."

내가 아는 N은 이렇지 않고 어떠했을까. 내 얼굴을 마주할 자신이 차마 없는가, 지그시 눈을 감더군요.

"미안해요. 정말 미안해요."

"뭐가 미안한데요?"

"나는, 나는."

"말해요."

"이 일로 차연이 더 이상 괴롭지 않았으면 좋겠어요. 그뿐이에요."

"빌어먹을!"

벌떡 일어서는 내 행동에 깜짝 놀란 철제 의자가 뒤로 벌렁 넘어가며 소란스럽다기보다 곤혹스러운 비명을 지르고 말았어요. 고개 숙인 그녀가 두 손으로 얼굴을 덮었지요. 이 상황으로부터, 옆 테이블 학생들의 놀란 시선으로부터 도망치려는 듯이. 화가 났어요. 한때는 미치도록 나를 미치게 만들었던 그녀의 존재가 지금은 미치도록 나를 미치게 하는 중이었어요.

"N은, 도대체 어떤 사람인가요."

문득 떠오르는 얼굴들이 있었어요. 강남역 사거리 지오다노 매장 앞. 행인들의 시선을 한 몸에 받으며 마주 선 두 남녀. 새파랗게 질린 얼굴로 상대방에게 발악하듯 고래고래 소리를 지르던.

"……모르겠어요. 내가 만나는 사람이 누군지, 누구였는지, 정말 모르겠어."

황황히 그 자리를 벗어나고 말았습니다. 두 손으로 얼굴을 감싼 채 깊은 잠에 빠진 그녀를 놓아두고. 놀란 데다 약간은 적개심에 찬 얼굴로 나를 힐끔거리는 옆 테이블 여학생들을 놓아두고. 눈치 없게도 화덕에서 막 구워져 나온 피자와 샐러드 그릇을 놓아두고. 더 버티고 있기가 힘들었을 뿐 뭘 어쩌려는 계획 같은 건 따로 없었습니다.

나 어떡해

이토록 저급하고도 강렬한 감정이라니.

이렇게 한심하고도 치졸한 마음이라니.

신열에 눈멀어 폐암 환자처럼 지껄여댔던 연정의 노래들은 모두 어느 호숫가로 날아갔을까.

혼자만의 사랑

서른두 번의 만남. 열여덟 곳의 장소. 열한 차례의 점심식사와 열일곱 차례의 저녁식사 또는 술자리와 네 차례의 아침식사. 쉰일곱 잔의 커피. 여섯 군데의 숙박업소. 스마트폰에 남은 이백일곱 개의 사진 파일과 열두 개의 동영상. 함께 본 여덟 편의 영화. 열한 가지 종류의, 상대를 위해 나를 위해 우리를 위해 함께 또는 따로 구입했던 물건. 모두 오백일흔여섯 차례의 카톡 대화. 늦가을과 겨울, 봄 지나 초여름. 길지 않은 7개월간의 숫자들을 바삐 남겨두고 N이 사라졌습니다. 종적 없이 자취를 감추었습니다. 세상의 종말. 그리고 당장 내 앞에는 이 어처구니없는 사태를 한시바삐 현실로 받아들여야 할 과제가 남겨져 있었습니다.

0. 1. 0. 4. 3. 0. 4. 5. 9. 5. 0. 다시 태어나도 외울 수 있을 번호.

언제부터 전화를 받지 않았는지 확실치가 않네요. 북촌에서의 끔찍했던 일요일 오후로부터 이틀 뒤? 두 차례인가 전화를 걸었고, 신호는 가는데 응답은 없었으며, 지금은 전화를 받지 않는다는 녹음 목소리만이 내처 돌아왔지요. 처음에는 별일 아니겠지 생각했어요. 바쁜 모양이지. 전화 받기 힘든 상황인 모양이지. 전화기를 잃어버렸거나 집에 두고 나왔을지도 모르지. 여태 단 한 번도 그런 일이 없었건만 태연하게도 믿어 넘겼지요. 하루 지나 이틀. 이틀 지나 사흘. 설마의 어감이 점점 더 불길해지는 속에 지난 7개월의 어느 때보다 사무치는 절실함으로 전화를 걸고 또 걸었어요. 하지만 단 한 통화도 연결되지 않았죠. 내 전화를 피하나 싶어 다른 전화로도 통화를 시도해봤지만 마찬가지. 닷새 만에, 견디다 못해, 퇴근하자마자 무작정 그녀에게 찾아갔어요. 강남역 미래타워. 저녁 일곱시부터 자정 지나 새벽 두시까지, 타는 목마름으로 무작정 그녀를 기다렸어요. 저녁도 못 먹었지만 배고픈 줄 몰랐으며 막연한 시간이 막연하게 흘렀지만 그게 얼마나 대책 없이 막연한 노릇인지 알지 못했어요. 너덜너덜해진 몸을 추슬러 집으로 향하는 택시를 잡아탈 때까지 그녀는 돌아오지 않았고 4층 그녀의 집 또한 끝내 불을 밝히지 않았습니다.

그녀는 나에게 화가 난 것일까. 그녀는 나에게 실망한 것일까. 그녀는 나에게 기겁한 것일까. 그녀는 나에게 환멸한 것일까. 그래서 이별을 결정한 것일까. 그래서 홀로 다짐이 불가능해지기 전에 훌쩍 떠나가기로 마음먹은 것일까. 생명 또는 죽음과도 같은 문제를 고민하고 결정하고 실행에 옮기는 데 있어, 4월 마지막 주말 밤 미래타워 앞에서 서성거리던 그들이 어떤 역할을 했던 것은 아닐까.

내게서 떠나간 게 아니라 세상에서 흔적도 없이 사라진 것이라면 외려 납득이 쉬울 것 같았습니다. 무슨 일이 생긴 것일까. 한 번도 그런 일이 없던 사람이 일주일 넘도록 전화 연락조차 되지 않는 상황에 대해 어떤 가능성을 생각해볼 수 있을까. 교통사고. 인신매매. 급성 심근경색. 우발적 피살. 실족 사고. 자살. 장맛비처럼 쏟아지는 온갖 불길한 상상들. 하지만 그러한 경우가 아니라면, 도대체 이럴 수가 있을까. 한마디 기별도 없이. 이러저러해서 당신을 떠나간다는 사연도 없이. 잘 있어라 그간 고마웠다 부디 행복하시라는 인사도 없이.

이동통신사에 무작정 전화를 걸었습니다.

—계약 해지 등 변동 사항은 없으세요.

—최근 며칠 동안 어딘가와 통화를 주고받았다는, 그런 기록만이라도 알 수 없을까요.

—죄송합니다 고객님. 그런 건 확인 안 되십니다.

용기 내어 112에도 전화를 걸었지만 반응은 더욱 안 좋았지요.

—보호자신가요?

—사, 사귀는 사람입니다.

—보호자 외에는 가출신고 접수가 불가합니다. 얼마나 되셨나요.

—연락 끊긴 지 딱 이 주요. 이런 적이 한 번도 없었거든요.

—누구나 이런 적이 한 번도 없었던 일을 벌이곤 하지요.

—예?

—믿고 기다려보세요. 정중히 충고드립니다.

어딜 가면 그녀를 만날 수 있을까. 누굴 찾아가면 그녀의 행적을 수소문할 수 있을까. 그녀의 과거와 현재에 대해 아는 것이 그다지 없다는, 한때 자랑거리나 되는 양 여겼던 입장이 어쩌면 이다지도 한스러울 수 있을까. 두 번째로 미래타워에 찾아갔을 때 그녀에 관해 이야기 나눌 만한 사람을 만날 수 있었어요. 일요일 오후 두시, 402호 현관문이 보이는 4층과 5층 사이 계단에 앉아 하염없이 스마트폰을 만지작거리던 즈음.

"어떻게 오셨나요?"

403호 도어락 뚜껑을 열던 파란색 투피스 정장. 한 손에 든 검은 성경책, 큰 키와 빨강색 강렬한 립스틱이 위압적인 여인이었죠.

"아, 저는, 누굴 좀 찾아왔는데요."

"뭐라고요?"

"여기 402호 사는 여자분."

402호 소리에 심기가 더욱 불편해보이더군요.

"그분, 최근에 보신 적 있나요."

"경찰이세요?"

"친구입니다."

아래위로 짯짯하게 나를 훑는 눈빛.

"잘 모르겠네요. 이사 가는 것 같던데."

"이사요?"

"친구라며 연락도 안 해보고 오셨나 봐."

비밀번호를 신경질적으로 삑삑삑 누른 여인이 현관문 안으로 유유히 사라졌습니다. 그러면서 종알종알, 안 들었더라면 더 좋았을 몇 마디를.

"한바탕 짐 빼는 거 같은데, 아이고 젊은 여자 혼자 사는 집에 웬 남자 손님들이 그렇게 많던지. 아주 젊은 여자도 아니던데."

사태를, 어떤 식으로 납득하면 좋을 것인가?

혼란스러웠지만 원망스럽지는 않았어요. 절망스럽지만 쉬 포기할 수는 없었어요. 다만 걱정스럽고 그리웠어요. 그립고 그리웠어요. 지금이라도 돌아온다면 묻지도 따지지도 않고 포근히 안아줄 수 있을 것 같았어요. 당장에 전화 통화 한 번만 할 수 있다면, 얼굴 보고 한 시간만 대화를 나눌 수 있다면, 두 번 다시는 그녀에게 그녀를 둘러싼 어떤 대상에 대해 집착도 편견도 오해도 의심도 질투도 하지 않을 것 같았어요. 하지만 어째서일까 그런 기회는 절대 내게 주어지지 않을 것처럼 불길하기만 했어요.

한 주 지나고 또 한 주, 그리고 또 한 주. 거리를 걷노라면 오가는 여자들이 모두 그녀 같았어요. 그녀와 함께 손잡고 거닐던 거리가 바로 그 거리 같았어요. 언젠가 함께 와서 카페라떼를 주문하고 구석 자리에서 뽀뽀를 했던 커피 전문점이 바로 그 가게 같았어요.

그녀 떠난 뒤, 혼자 술 마시는 상황을 만들지 않고자 필사적으로 노력했어요. 혼자 술 마시다가 죽을 수는 없었으니까. 필사적이었던 이유는 그게 쉽지 않은 때문이었어요. 그날도 그런 날이었어요. 동네 시장 골목, 반찬가게 옆 실내 포장마차에서 혼자 술에 취한 저녁. 그녀와 찍었던 사진 그녀와 주고받았던 카톡 문자를 하염없이 복습하고 또 복습하다가 문득 고개 들었는데, 벽에 붙은 메뉴판에서 눈이 아프도록 반가운 단어를 발견하고 말았어요. 전어. 전어무침. 전어구이.

"아줌마 전어 돼요?"

반갑다기보다 다시금 가슴 미어져서 그렇게 외쳤어요. 그리고 돌아오는 대답은 더욱 가슴 미어지는 것이었지요.

"안 해요 이제는. 철 다 지났잖아."

지났구나. 철 다 지나고 말았구나. 하긴 노벨문학상을 발표하는 시절과는 거리가 먼 계절이었으니까. 소매 늘어진 러닝셔츠처럼 익숙해진 슬픔이 다시금 꾸역꾸역. 어디선가 그녀의 목소리가 들려왔어요. 강 건너에 바람을 맞으며 선 사람처럼, 차분하고 부드러운 목소리로 내게 속삭였어요. 전, 어, 이미 떠났습니다.

고작 7개월. 맙소사 이별을 받아들이기엔 어이없도록 짧은 시간. 간만에 새로 싹튼 사랑이 무성히 짙푸르러야 할 시점에 때아닌 날벼락이라니. 상견례를 가을에 할 건지 겨울에 할 건지, 식을 예식장에서 치를 것인지 어디 회관 같은 데를 잡을 것인지, 전셋집을 파주 신도시에 잡을지 용인 신도시 쪽으로 알아볼지, 주택 융자를 주거래은행에서 받을지 외사촌이 일하는 은행을 알아봐야 할 것인지 궁리해도 모자랄 판에 이별의 통증 타령이라니. 결혼기념일에 제주도 여행을 갈 건지 해외로 나갈 건지, 아이 돌잔치를 가족끼리 할 건지 동네 뷔페식당이라도 빌려서 친구들에게까지 연락할 건지, 별로 중요하지 않은 선택의 문제들로 매일같이 말다툼을 벌여도 늦은 나이에 사랑의 슬픔 타령이라니. 세상에서 가장 완벽한 여자를 만났다고 생각했는데. 이번에는 처음 아니라 마지막 사랑이 되리라 의심치 않았는데.

사랑은 아직도 끝나지 않았네

"지명수배자라든가 뭐 그런 거 아냐?"

승재가 술을 권하고 또 권했어요.

"너도 생각해봐. 사랑이 갑자기, 아니 사람이 갑자기 사라지는 경우들이 도대체 뭘지. 갑자기 교통사고라도 만나서 식물인간이 되어 있는 게 아니라면 말이야."

"승재야. 나 이러다가 식물인간 되는 거 아닐까. 가슴에 감각이 없어. 젓가락으로 쑤셔도 안 아플 것 같아."

"간첩이라서 북으로 올라갔다든지. 사기꾼이라서 냄새 맡고 잠적했다든지. 숨어 살던 연쇄살인범인데 경찰의 질긴 추적 끝에 붙잡혔다든지."

"그럴 수도 있겠지. 내가 아니라 어린애들 허벅지 스테이크를 사랑했던 연쇄살인범이었을 수도. 하지만 그게 뭐 어쨌다고. 이제 세상은 끝났는데."

"유부녀 아냐?"

늘 지나치게 진지한 원규가 미간에 주름을 모았어요.

"잘 생각해봐. 은연중에 결혼 생활을 암시하는, 그런 말 혹시 들은 게 없는지."

"모르겠다. 아무것도 생각나지 않아. 그녀가 했던 말. 그녀와 함께했던 시간들. 모든 게 꿈속의 꿈에서 꿈처럼 꿈꾸다가 만난 장면들 같아."

"아무리 생각해도 간첩보다는 유부녀가 신빙성이 더 높겠다. 어떤 이유 때문에 가족과 떨어져서 살았는데, 낌새를 알아차린 남편 놈이 생지랄을 해대니까 꼴 더 사나워지기 전에 집으로 돌아간 거야. 너에겐 차마 사실을 밝힐 수 없었고."

"이 일을 어쩌면 좋으냐. 애들아 나 어떻게 하냐. 가슴에 접시만 한 구멍이 뚫린 것 같아. 뻥. 그런데 감각이 전혀 없어. 젓가락으로 쑤셔볼까."

"사진 있지? 줘봐."

"사진은 왜."

"줘보라고."

스마트폰 속 N의 사진을 들여다보던 원규가 흐음, 신음했습니다. 그러더니 신중하게 중얼중얼.

"씨발 모르겠다……. 밥은 먹고 다니냐."

송강호처럼. 〈살인의 추억〉에서, 동료 형사에게 잔뜩 얻어맞아 엉망이 된 박해일의 멱살을 잡고 그 얼굴을 진지하게 뜯어

보던 그처럼.

"유부녀 같기도 하고 아닌 거 같기도 하고. 평범한 여자 같기도 하고 아닌 거 같기도 하고. 사람 같기도 하고 아닌 거 같기도 하고."

전대미문의 실종 이별. 나도 모를 사연을 친구들이라고 이해할 리가 없을밖에요.

"그런데 말이야."

원규가 다시 진지해졌지요.

"사랑했니? 진심으로."

젓가락으로 뭔가를 집어 들던 내 손동작이 순간 움찔, 멈추었어요. 술안주로 콜라를 한 모금 삼키던 승재는 쿨럭, 사레가 들렸는지

"아이 씨발 원규야."

입에 든 것을 줄줄 쏟아내며 밭은기침을 했지요.

"제발 고만 좀 해라."

"뭘 고만해."

"나이가 몇 개냐 사랑이라니. 낯부끄러운 줄을 몰라 미친 새끼가."

그녀가 유부녀라면, 그래도 상관없을 것 같았어요. 그녀만 원한다면, 장차 어떤 식으로건 과거를 정리하고 돌아와만 준다면, 다시 시작할 수 있을 것 같았어요. 처음처럼. 처음으로 돌아간 것처럼.

사기 치고 도망 다니다 잡힌 거라면, 그래도 상관없을 것 같았어요. 몇십억 피해액을 죄다 변상해줄 수는 없겠지만, 언젠가 빈털터리로 둘이 다시 시작할 때면 하루 한 끼 라면만 끓여 먹고 살아도 행복할 것만 같았어요. 처음처럼. 처음으로 돌아간 것처럼.

살인범이거나 간첩이라면, 그래도 상관없을 것 같았어요. 아무렴 지금보다는 나을 것 같았어요. 우리 사랑이 왜 이 모양이었는지 어째서 이렇게 끝장나고 만 것인지 아프게나마 납득할 수 있을 테니까. 그리하여 언젠가 수감자 면회실에서 그녀를 다시 만난다면 눈물조차 잊은 채 진심으로 물을 터였어요. 나를 사랑했었느냐고. 처음으로 돌아간다면 그럴 수만 있다면 다시 사랑할 수 있겠느냐고.

"주민등록번호 모르지? 주소랑 전화번호 줘봐."

"소용없어. 다 소용없는 일이야."

"우리 사촌형 알잖아. 수원 강력계 형사."

"장물에 손대다가 짤렸다는?"

"이번에 제삼기획인가 하는 데 들어갔거든. 흥신소 알지? 마누라 바람피우는 거 도청해주고 남편 떡치는 거 사진 찍어주는."

"글쎄다."

"하는 짓은 양아치 사촌이지만 남 행적 수소문하고 뒷조사하고 다니는 건 귀신들이더라. 내가 부탁해볼게."

"……."

"뭐야, 그 여자 찾고 싶지 않은 거야?"

이별을, 어쩐 식으로 받아들이면 좋을 것인가.

아침에 잠 깨어 일어나면 가장 먼저 그녀로 인해 기분 밝아졌어요. 내일 만나기로 했지. 어딜 갈까. 뭘 먹을까. 어떤 일로 그녀를 행복하게 해줄 수 있을까. 생각만으로도 가슴 둥실 벅차올랐어요. 저녁에 잠자리에 들 때면 또한 그녀로 인해 짧은 행복에 젖을 수 있었어요. 뭐 하고 있을까. 잠자리에 들었을까. 전화를 해볼까. 지금 찾아가도 되냐고 생떼를 써볼까. 한때는 그랬어요. 그리 오래지 않은 한때는.

그녀와의 이별을 현실로 받아들일 수밖에 없게 된 이즈음, 아침에 잠 깨어 일어나면 가장 먼저 그녀로 인해 오래도록 멍해졌습니다. 그녀는 나를 떠난 것일까. 그녀는 왜 나를 떠난 것일까. 그녀는 언제부터 나를 떠난 것일까. 나 모르게 나와 헤어질 작정을 하면서 홀로 오래도록 가슴 아파하지는 않았을까. 저녁에 잠자리에 들 때면 가히 취침기도 하는 심정으로 그녀를 떠올리며 다시 오래도록 허전했어요. 그녀는 지금 어디에 있을까. 어디서 누구와 무엇을 하고 있을까. 그간 얼마나 힘들었을까. 차마 돌아갈 수 없는 내 옆자리를 이 순간 아프게 그리워하고 있지는 않을까.

세상 무엇보다 나를 들뜨게 했던 대상이 세상 무엇보다 처절한 상실의 고통으로 변해가는 일련의 과정. 나 아닌 누군가에게 얼마나 미치도록 미쳤었는지를 가장 어이없는 방식으로 입증하는 관계 변화. 집착이 클수록 뒤에 가 망각 또한 깊어짐을 알지 못하는 한 시절. 이별. 스위스의 정신과의사 엘리자베스 퀴블러로스는 돌연 말기 암 선고를 받은 환자들이 머지않은 자신의 종말을 받아들이는 일련의 과정을 다섯 가지 단계로 분류했습니다. 부정. 분노. 타협. 우울. 수용. 관계의 종말을 받아들이는 과정 역시 거의 비슷한 방식의 분류가 가능할 겁니다. 헤어짐을 부정하고, 부재에 분노하다가, 그 감정과 타협하고, 자신의 무기력함에 우울을 겪으며, 결국은 이별을 수용하고 마는 것. 죽음의 경우보다는 이별의 과정이 더욱 힘겹지 않을까 싶네요. 죽음과 달리 이별은 영영 끝나지 않으니까. 그리고 이를 위해 삼 주 넘는 시간의 악몽을 버티고 견뎌내야 했지요. 그리하여 이제 N을 지난 여자 가운데 한 명, 요컨대 여덟 번째 여자로 기억 속에 남겨두어야 할 것인가.

홍대에서 승재와 원규를 만나 장소를 다섯 번이나 바꿔가며 술을 얻어먹던 밤. 휘청휘청 밤거리를 헤매다가 길바닥에 토하고, 가로수에 부닥쳐 안경테가 부러지고, 승차 거부하던 택시 기사의 멱살을 잡고. 추태 끝에 다음 날은 회사도 못 나가고 온종일 골골거리며 몸을 추슬러야 했어요. 그 이튿날, 오전 열한 시쯤이었어요. 출판사 대표번호로 나를 찾는 전화가 걸려왔습니다.

—한차연 님 되시나요.

"그런데요."

—지금 통화 괜찮으신지요.

"어디신가요?"

—N 씨 문제로 전화드렸습니다.

전날 내내 굶고 토하고 또 굶고 또 토하며 진을 뺀 탓에 그날도 겨우 출근해 자리는 지키고 있지만 몸도 마음도 내 몸 내 마음이 아닌 상태였거든요. 맵게 따귀라도 한 대 얻어맞은 듯 정신이 번쩍 들더군요.

"아, 안녕하세요."

흥신소에서 일한다는 승재의 사촌형. 제삼기획이라고 했던가. 하는 짓은 양아치 사촌이지만 남 행적 수소문하고 뒷조사하고 다니는 것만큼은 귀신들이라더니 과연 동작 한번 빠르구나.

—N 씨에 대해 아셔야 할 게 있을 것 같아서, 그래서 이렇게 연락드렸습니다.

"아 예. 감사합니다. 고생 많으셨습니다."

갓 딸려온 우럭처럼 펄떡펄떡, 미치도록 발작하는 가슴.

—전화로 말씀드리기는 좀 그렇고, 한번 뵐 수 있을까요.

"물론입니다. 만나야죠. 당연히 그래야죠. 언제가 괜찮으실까요?"

—빠를수록 좋습니다. 시간을 끌 이유는 없으니까.

세상에 끝이란 없는 법. 내겐 가장 완벽한 그녀를 향한 새로운 만남의 방식이, 그렇게 시작되고 있었습니다.

이별이란 없는 거야

종로 무교동 다정빌딩 지하 1층, 르네상스. 1980년대 호텔 커피숍 분위기였으며 아닌 게 아니라 소개팅인지 맞선인지 비슷한 용무로 끌려나온 것 같은 남녀들이 여기저기 눈에 띄었습니다. 약속 시간보다 십오 분 먼저 도착해 찬물을 두 잔이나 마셨어요. 그래도 갈증은 가라앉지 않더군요. 한시 정각에 그들이 도착했습니다. 한 명이 아니라 세 사람.

"한차연 님 되십니까."

"아."

벌떡 일어나서는 90도로 또깍 허리를 굽히고 말았어요.

"어제 전화드린 사람입니다."

"제삼기획에서 오신 분들 맞죠? 앉으세요."

갈색 동그란 잠자리안경에 하얀 와이셔츠, 선생 말 잘 듣고 공부 못하게 생긴 인상의 남자가 내 맞은편에 앉았어요. 쓸데없는 고집이 있어 보이는, 앞머리를 눈썹 위 1.5센티미터에서 일자로 자른 남자가 그 옆자리에 앉았지요. 황달기가 있는지 눈알 샛노란, 양 팔꿈치에 가죽을 댄 코르덴재킷 남자는 옆 테이블에서 의자를 가져와서 가장자리에 앉았습니다. 승재의 사촌형은 이들 셋 가운데 누구일까.

"나와주셔서 감사합니다."

"아이고 별말씀을."

"이렇게 뵙자고 한 것은, 전화로 잠깐 말씀드렸지만, N 씨에 대해 아셔야 할 게 있을 것 같았기 때문입니다."

"아, 예."

"다시 말해 그럴 만한 충분한 자격이 선생에게 있다고 판단된 때문이지요."

세 사람 모두 어딘지 낯설지 않다는 생각이 그때 처음 들었습니다.

"그럼에도 이런 질문을 먼저 드려야겠군요."

노란 눈알이 깊은 숨을 들이마셨어요. 안타깝도록 심각한 얼굴로.

"엄청나게 중요한 이야기가 있는데, 누군가에게 이 진실을 꼭 전하고 싶은데, 그래야 하는데, 하도 어처구니없는 이야기인지라 도통 믿지 않을 것 같다면, 그럴 때는 어떻게 하는 게 좋을까요. 차연 님 같으면 그런 경우에 어떻게 하시겠습니까."

"글쎄요. 저 같으면,"

울컥, 겁이 나더군요.

"달리 방법이 없을 것 같네요. 용기 내어서 최대한 정성껏 이야기하는 것밖에는. 내 진심이 충분히 전달될 수 있도록. 상대가 믿지 않을 수 없도록."

"처절하군요."

"……."

"지금 차연 님을 마주하고 있는 우리들의 입장이 바로 그렇습니다."

"……."

무엇일까 N에 대해서 내가 알아야 할 것이란. 어떤 종류일까 내가 몰랐던 N의 비밀이란. 유부녀? 경제사범? 간첩? 살인마?

이별이란 말은 없는 거야. 이 좁은 하늘 아래. 안녕이란 말은 없는 거야. 이 세상 떠나기 전에.

실내에는 1980년대 가요가 연신 청승을 떨고 있었어요.

"진심으로 묻습니다. 각오가 되어 있으신가요."

눈썹 위 1.5센티미터 일자 앞머리.

"감당하기 쉽지 않으실 겁니다. 요컨대 여기서 멈춰도 상관없습니다. 더 알고 싶지 않다면, 더 듣고 싶지 않다면, 당장 여기서 물러날 수도 있습니다. 진심으로 원하신다면."

"말씀해주세요."

자맥질을 앞둔 사람처럼 깊은숨 한 차례 들이마시고.

"어떠한 것이건 상관없습니다. N에 대한 이야기라면. 그것이 진실이라면. 거짓이 아니라면."

잠자리안경이 슬그머니 고개 돌려 일자 앞머리를, 일자 앞머리가 슬그머니 고개 돌려 노란 눈알을, 노란 눈알이 슬그머니 고개 돌려 잠자리안경을 바라보았어요. 그러고는 다시 역순으로 세 사람이 세 사람을 바라보았습니다. 이어 한마디씩.

"생각 잘하셨습니다."

"실은 그렇게 말해주시길 바랐습니다."

"미래를 바꾸려면, 뭔가 성스러운 결단이 필요한 법이지요."

잠자리안경이 테이블 위에 탁, 두 손을 올려놓았어요.

"N은, 그분은,"

안경 속 눈빛이 타오르듯 푸르게 빛났지요.

"사람이 아닙니다. 사람이라고 할 수 없는 존재입니다."

"맙소사."

시커먼 한숨이 절로 쏟아지더군요.

"그렇게나 나쁜 상황인가요. 도대체…… 패륜 범죄라도 저지른 건가요."

"그런 뜻이 아닙니다."

노란 눈알이 노란 눈알을 뒤룩뒤룩.

"사람이 아니라…… GSC입니다. 유전자합성사이보그(Gene Synthesis Cyborg)."

"저기요."

그 사람 나를 보아도, 나는 그 사람을 몰라요. 두근거리는 마음은 아파도, 이젠 그대를 몰라요.

1980년대 호텔 커피숍의 1980년대 발라드.

"이러시지 않아도 됩니다. 솔직히 말해주세요. 뭐든 받아들일 준비가 되었으니까."

"솔직히 말하는 중입니다. 용기 내어서 최대한 정성껏. 진심이 충분히 전달될 수 있도록."

"사이보그라. 인조인간?"

"고전적인 표현이군요."

진지하기 이를 데 없는 얼굴들을 한 차례 둘러보다 말고 아, 짧은 신음을 뱉었습니다. 제삼기획에서 온 사람들이 아니야. 흥신소가 아니라고. 내가 심각한 착각을 했군. 어딘지 낯설지 않은 세 사람을 언제 어디서 만났던 것인지 그제야 기억할 수 있었습니다. 4월 마지막 주말. 강남역 미래타워 불 꺼진 현관 앞을 서성이던 남자들. 그리고 그녀가 말했지요. 부탁이 있어요, 가주세요, 아무것도 묻지 말고. 강남역에서 고작 십 분 거리의 주택가 골목이 아니라 발음하기 힘든 이름의 아프리카 밀림에 홀로 외따로이 떨어진 고독을 내게 선사했던.

"당신들 누군가요. 제삼기획, 거기 아니군요."

내 목소리가 지나치게 격앙되었던 것일까. 흰 블라우스에 검은 앞치마를 동여매고 곁을 지나가던 종업원이 휘청, 돌부리에 걸린 듯 넘어지려다 겨우 중심을 잡았어요.

"아까 소개 안 했던가요."

세 남자가 허리를 바로 폈습니다.

"인사드리지요. 우리들은 미래에서 온 사람들입니다."

"2735년. 지금으로부터 720년 뒤."

"인류의 행복을 책임질 가장 중요한 프로젝트를 위해, 10년 넘게 시간여행 중인 연구원들이죠."

왜 그랬을까, 조롱당하는 기분은 들지 않았어요.

"말해주세요. N에게 무슨 일이 생긴 건가요."

"저희와 함께 가시지요. 그분을 만나려면."

"지금요?"

자리에서 일어선 잠자리안경이 묵묵히 고개 돌려 일자 앞머리를, 일자 앞머리가 묵묵히 고개 돌려 코르덴재킷의 노란 눈알을, 노란 눈알이 묵묵히 고개 돌려 잠자리안경을 바라보았어요.

"그렇습니다. 지금 당장."

슬픈 표정 하지 말아요

1996년식 흰색 티코에 네 사람이 타고 한참을 달렸어요. 서울을 벗어나 두 시간 만에 다다른 곳은 경기도 광주인지 양평인지 건물보다 벌판이 많은 동네였지요. 길 오른편으로 경안천 물길을 따라 과수원을 지나고 석재공장과 오리농장을 지나 조금 더 가니 벌말이라는 곳이 나오더군요. 근방에 초등학교와 중학교가 한 곳씩 있는 시골 마을. 편의점과 농협과 우체국이 어깨동무하듯 모여선 삼거리에 차가 멈추었어요. 토요일 오후 세시. 본격적인 더위가 시작되는 계절. 키 큰 은행나무 그늘을 비껴 작렬하는 6월 햇살에 일순 아뜩해졌습니다. 햇살 뜨거운 알제 해변을 헤매다 아랍인을 냅다 쏴 죽인 어느 사내처럼.

1층 핸드폰 대리점이 문을 닫은 3층 건물의 2층으로 올라갔습니다. 믿음의 기도원. 입구에 그런 간판이 걸린 실내는 뜻밖에 넓었고 장시간 방치된 곳 특유의 생기 없이 울적한 기운이 가득했어요.

"사이비종교 교주와 신도들이 쓰던 곳이라더군요. 그 전에는 수학 학원이 있었고."

"신은……."

"신은, 신고 들어오세요."

그리고 숨을 들이쉴 적마다 병원 응급실과 옛날 정육점을 합쳐놓은 것 같은 냄새와 냉기가.

"차 한잔 하시겠습니까? 커피믹스밖에 없지만."

"N은 어디 있나요. 지금 이곳에 있는 건가요."

무선 전기포트에 물을 담아온 일자 앞머리가 그것을 받침에 끼우고 수건으로 손을 닦았습니다.

"놀라지 않을 자신 있습니까. 어떤 상황을 만나시건."

"자신 없습니다."

좁아터진 티코에 구겨져 두 시간을 이동하면서 온갖 빌어먹을 상상과 근심과 걱정과 혼란에 지칠 대로 지친 상황. 얼굴이 식은 삼겹살처럼 뻣뻣하게 굳어가고 있었어요.

"하지만 괜찮아요. 괜찮지 않아도 괜찮습니다. 저를 말려 죽일 생각이 아니라면, 어서 그녀를 만나게 해주세요. 부탁입니다."

"차연 님을 기억 못 할 겁니다."

"……."

"의식은 곧 돌아올 테지만, 기억은 영영 돌아오지 않을 겁니다."

"아아. 아아아."

"돌이킬 기억이 남아 있지 않다는 편이 정확하겠군요."

소리 없는 소리. 내 안의 뭔가 형편없이 무너져 내리는 소리.

"많, 많이 다쳤나요. 생명에는 지장이 없는 건가요."

"그런 셈입니다."

"도대체…… 무슨 일이……."

"사고가 있었습니다."

일자 앞머리는, 이제 보니 앞머리 절단면 바로 아래에, 가늘고 길고 진한 일자 눈썹을 갖고 있었어요.

"전례도 징후도 없었던, 따라서 누구도 예상 못 했던 사고가."

"맙소사. 맙소사."

"차연 님이 상상하는 그런 사건은 아닙니다."

일자 앞머리 일자 눈썹이 손을 내밀었어요.

"뉴스나 신문에서 만날 수 있는 어떠한 사건과도 비슷하지 않은 사건이지요."

그 손을 좀처럼 잡아 줄 수 없었습니다.

"자, 이쪽으로."

"……."

"어서요. 어서 만나러 가셔야지요."

언젠가는

제1기도실. 출입문에 분홍 색지 위 검은 매직펜 글씨로 그렇게 쓰인, 학원 교실 비슷한 공간. 파박 형광등이 켜지고 시야에 파박 들어오는 장면이 있었으니 실내 한가운데 놓인 두 개의 물체였어요. 은색의 커다란 만년필처럼 생긴. 우주비행사의 동면 캡슐처럼 생긴. 슬프고 이상한 관처럼 생긴. 11월 비바람 만난 나뭇가지처럼 파들파들 무릎이 떨렸습니다. 춥구나. 제1기도실인지 제1냉동실인지 징그럽게 춥구나. 병원 응급실과 옛날 정육점을 섞어놓은 이 냄새는 정말이지 뭐냐고. N에 관한 온갖 빌어먹을 상상과 근심과 걱정과 혼란으로 방금 전까지도 머리가 터질 것 같았지만 지금과 같은 장면은 상상조차 해본 적이 없었습니다. 지금과 같은 장면이 당최 무엇을 의미하는 건지 가늠조차 못할 노릇이었죠. 제행무상 제법무아 열반적정 일체개고. 그때 난파선 속 유령의 노랫소리처럼 귓가에 떠도는 것이 있었으니 그 같은 사구게(四句偈)였어요. 하도 뜻밖의 장면에 뒤집어지게 놀란 뇌의 입출력연산 기능이 잠깐 미치고 말았는가. 치이익, 압력밥솥 김빠지는 소리와 캡슐 뚜껑이 천천히 열렸습니다. 왼쪽에서 오른쪽으로, 지옥문이 열리듯. 그 속에 N이 누워 있었습니다. 캡슐이 세로로 길게 세워져 있었으므로, 그 속에 기대어 서 있다는 편이 더 정확하겠군요.

편히 눈 감은 얼굴. 아주 작은 미소를 머금은 입술. 가슴 위에 엑스 자로 포갠 두 팔. 군살 없는 복부. 심연과도 같은 배꼽. 푸른빛 감도는 음모. 그 새하얀 알몸.

세상 가장 극적이고 아름답고 슬프고 끔찍한 장면에, 와지끈 무릎을 꿇었습니다. 숨이 쨍 막혔습니다. 북받치는 감정에 기도가 꽉 막히고 말았습니다. 제행무상 제법무아 열반적정 일체개고. 숨을 쉬고자 애썼습니다. 이마에 후끈 땀이 배었습니다. 이러다 죽는 것인가. 잠시 후 커헉, 막혔던 숨통이 겨우 터졌습니다. 덩달아 울컥 터져나는 울음. 눈물도 나지 않는 울음. 소리조차 나지 않는 울음. 다가가 그 차가운 알몸을 안아주고 싶었지만, 핏기 잃은 발등에 입을 맞추고 싶었지만, 꼼짝을 할 수 없었습니다.

"진정하세요."

바들바들 떨리는 내 어깨에 누군가의 손이 내려앉았어요.

"끝이 아닙니다. 이제 시작입니다. 기운을 내세요."

허억허억 가쁜 숨을 몰아쉬며 허리를 폈어요. 부축을 받아 겨우 몸을 일으키는 순간, 또 다른 장면이 파박 시야에 들어왔습니다. 방금 전과는 비교도 되지 않을 만큼 극적이고 아름답고 슬프고 끔찍한 장면이. N이 편하게 기대어 누운 캡슐 옆의 다른 캡슐에, 그 안에, 또 다른 N이 편히 기대어 누워 있었습니다. 편히 눈 감은 얼굴. 보일 듯 말 듯 우아한 미소를 머금은 입술. 엑스 자로 가슴 위에 포갠 두 팔. 군살 없는 복부. 심연 같은 배꼽. 푸른빛 감도는 음모. 새하얀 알몸. 콧물이 나왔습니다. 훌쩍. 그럴 계절이 아니건만 실내가 지나치게 추웠거든요. 얄밉도록 편히 잠든 N들을 바라보며 콧물을 계속 닦아냈습니다. 처량하게 줄줄 흘러내리는 콧물을.

"저런, 휴지 가져올게요."

손등에 온통 시뻘겋게 묻은 콧물. 콧물이 아니라 코피였습니다. 하도 놀라 가련한 실핏줄이 터지고 말았는가.

영원한 사랑

그 부드러운 입술이 가짜였다니. 그 따뜻한 미소가 인공의 것이었다니. 그 앞니로 잘근잘근 씹고 싶던 머릿결이 사람의 것이 아니었다니. 그 은은한 살 냄새가 복잡한 화학식의 결과물이었다니. 그 긍정적이고 발랄하고 자상한 성격이 프로그래밍된 것이었다니. 그 포근하게 내 몸 일부를 받아들이던 허벅지 깊은 곳이 증식배양 세포조직이었다니. 로봇이라니. 유전자 합성사이보그라니.

"1.8제곱미터, 2밀리미터. 인간의 육신을 덮은 피부의 평균 표면적과 두께가 그렇습니다. 그 한 겹을 말끔히 벗겨내었을 때 남겨지는 불그죽죽한 괴물을 나와 다르지 않은 인간으로 생각할 수 있다면, 마찬가지로, 그녀를 인간이라고 생각 못 할 이유 역시 없지 않을까요."

"그녀의 미소 역시, 인간들이 그렇게 하듯, 100여 종류의 크고 작은 얼굴 근육들이 교차 수축 이완하며 만들어지는 감정 표현의 하나입니다. 그녀의 체취가, 다른 여성들이 그러하듯, 평소 그녀가 쓰는 샴푸, 비누, 화장품, 섬유유연제, 화장실 방향제의 화학 성분 들과 프로게스테론이 피부에 쌓이는 노폐물과

요소, 중금속 성분과 절묘하게 어우러져 만들어낸 결과물인 것처럼요."

"나아가 차연 님과 그녀가 만들어내었던 이런저런 감정적 전이의 과정이야말로 생전에 차연 님이 차연 님 외의 누군가와 주고받은 감정 교류와 본질적인 차이가 전혀 없는 소통의 과정이자 결과물인 것입니다. 감히 단언컨대 그것들은 가짜가 아닙니다. 그것들이 가짜라면, 세상에 진짜란 없을 것입니다."

험상궂게 잇몸을 드러내고 으르렁 반발하려다, 끝내 입을 다물고 말았어요. '생전에'라는 수식어가 몹시 불쾌했지만, 그를 제외하고는, 그다지 으르렁거릴 만한 구석이 없었기 때문이죠. 대신에 지난 7개월 동안 내가 만났던 N이 누구인지, 오른쪽 캡슐에 누운 N인지 왼쪽 캡슐에 누운 N인지 은색 만년필을 닮은 캡슐이 또 하나 있다면 그 안에 누운 N일지, 세 번에 걸쳐 물었습니다. 하지만 끝내 알려주지 않더군요. 대신에 어떤 쪽이든 큰 차이는 없다, 라는 대답이 돌아왔습니다. 맙소사 그게 말이나 되는 소리인가요?

처음 느낌 그대로

인공지능(AI, Artificial Intelligence)이 인공의식(AC, Artificial Consciousness)—인공감정(AE, Artificial Emotion)의 영역으로 확대되면서 로봇이 더 이상 정교한 논리적 추론과 수학적 계산으로써 복잡계 속 각종 사안들의 해결책을 제시하거나 네트워크, 통역, 대리 체험 등 편의를 제공하는 똑똑한 기계의 정체성에 머물지 않게 되었을 때 인간과 로봇 간의 관계 문제 또한 철학과 윤리라는 해묵은 경계를 훌쩍 넘어서지 않을 수 없었다. 하나, 로봇은 인간을 진심으로 사랑해야 한다. 둘, 로봇은 인간의 사랑에 진심으로 응답해야 하며 단 이것이 첫 번째 법칙에 위배될 때에는 예외로 한다. 셋, 로봇은 자신의 존재를 사랑해야만 하며 단 이것이 첫 번째와 두 번째 법칙에 위배될 때에는 예외로 한다. 저 유명한 아시모프의 로봇공학 3원칙을 토대로 한 로봇사랑 3원칙이 다수의 지지 속에 정의되고 표준화된 것은 200여 년 전인 2530년대였다. 이를 기반으로 한 인공의식 프로그램이 이후로 몇몇의 다국적기업에 의해 개발되었는데 개중 하나가 2574년 첫선을 보인 Tess1.0이다. Tess 시리즈는 이후 계속해서 업그레이드되며 '감수성 풍부한 사람보다 더

감수성 풍부하고 인정 넘치는 사람보다 더 인정 넘치며 사랑에 빠진 사람보다 더 숭고한 사랑의 가치'라는 모토에 근접해갔다. N은 2733년 새로 출시된 Tess93의 운명을 받아들인 최초의 GSC다.

"우리가 꿈꾸는 것은 완전한 사람입니다. 완전한 사랑입니다. 그것이 우리 프로젝트의 궁극이며 모든 것입니다."

"완전한 사람? 완전한 사랑?"

"완전한 사람이 있어야 완전한 사랑을 이룰 수 있고, 완전한 사랑을 위해서는 어디까지나 완전한 사람이 필요한 법이지요."

왼쪽 콧구멍에 거북하게 쑤셔 박힌 휴지 뭉치를 조심조심 뽑아냈어요. 무섭게 쏟아지던 코피가 이제 조금 멎은 듯.

"사람은 왜 싸울까요. 어째서 어미를 죽인 원수가 아니라 세상 가장 가까운 거리에서 자기편이 되어주던 연인과 서로 죽을 듯 죽일 듯 다투는 것일까요. 사람은 왜 아플까요. 어째서 무조건 아름답고 행복해야 할 감정으로 인해 잠 못 이루는 고통을 겪는 것일까요. 사람은 왜 변할까요. 어째서 빈틈없이 견고하고 단단하던 마음들이 그리도 쉽게 허물어지고 마는 것일까요."

"완전한 사랑이 아닌 때문인가요."

"완전한 사람이 아닌 때문이지요."

일자 앞머리가 뜨거운 머그잔을 내밀었어요. 갈색 커피가 그 안에 한가득 담겨서 단내를 풍기더군요. 도대체 커피믹스를 몇 봉이나 부은 것일까.

"아늑하고 융숭 깊은 사랑을 절로 불러일으키는 연인. 투정도 질투도 의심도 간섭도 권태도 거짓도 모르는 연인. 늘 적당한 거리 저편에 서서 나만을 바라봐주는 연인. 변질될 줄 모르는 새롭고 신선한 사랑을 끊임없는 선사하는 연인. 우리가 애오라지 꿈꾸는 미래가 바로 그러했습니다."

"꿈이군요. 정말이지."

"프로젝트를 완성하기 위해 우리가 선택한 과거는 13세기도 18세기도 아닌 2015년이었습니다. 사랑에 관한 한 가장 가련하고 황폐한 시절. 우리들이 떠나온 2730년대와 가장 많이 닮은 시절."

"……."

"사랑과 연애를 다룬 드라마는 넘쳐나지만 드라마 같은 사랑과 연애는 찾아보기 힘든 시절. 이성 친구를 사귀는 일이 취업하는 것만큼이나 힘든 시절. 돈이 없어서 연애와 결혼을 포기하는 시절. 하루에 수백 명의 페이스북 친구를 새로 사귀지만 저녁식사를 같이 할 친구는 찾기 힘든 시절. 그래서 혼자 비빔국수를 만들어 먹으며 그 장면을 사진 찍어 페이스북에 공유하고 수천 건의 좋아요를 얻는 시절. 이 안타까운 시절을 살아가는 차연 님이 인류 역사상 가장 위대하고 완전무흠한 사랑을 만나는, 그것이 프로젝트의 커다란 밑그림이었죠."

"왜 나였나요. 나 말고도 80억 명 넘는 사람들이 있는데. 도대체 왜."

"그들 모두 완벽한 사랑을 만나려면, 80억 명의 GSC들이 필요했겠지요."

"왜 하필 나냐고요. 애인 없어 서러운 사람이 세상에 나 하나도 아니고."

"후보로 선택된, 2015년 대한민국의 30대 중반 남성이 모두 6,012명이었어요. 그들 가운데 우리 프로젝트에 합당한 조건과 자격을 갖춘 인물을 모두 다섯 차례에 나누어 걸러냈지요. 그리하여 마지막 한 사람, 차연 님이 선택된 것이 작년 10월의 일이었습니다."

"내가 무슨 합당한 조건과 자격을."

"급기야 찾아온 사랑이 제아무리 위대하고 완전무흠한들, 이를 보는 눈이 나쁘고 듣는 귀가 약하고 받아들이는 그릇이 좁다면 그 의미가 빛바래겠지요. 차연 님이야말로 세상 가장 크고 넓은 사랑을 충분히 감당해 안을 만큼 크고 넓은 사랑의 마음을 가진 존재였습니다."

"크고 넓은?"

"어느 누구라도 거침없이 사랑할 수 있는 사람. 어느 누구의 사랑이라도 덥석 받아들일 수 있는 사람. 어느 누구보다 빠르게 사랑에 빠질 수 있으며 어느 누구보다 빠르게 뜨거워질 수 있는 사람. 바로 그것이 차연 님이자 차연 님이 가진 최고의 장점이었지요."

"……헤프다 이건가요."

"그리고 우리의 선택은 대성공이었습니다. 우리의 성공이자 무엇보다 차연 님 자신의 성공이었어요."

왼쪽은 짙은 갈색. 오른쪽은 노랑에 가깝도록 옅은 갈색. 잠자리안경 너머 두 눈동자의 색이 크게 다르다는 것을 그때 처음 알았어요. 오드아이. 홍채 이색증.

"지난 7개월을 되돌아보세요. N와 다툰 적이 한 번이라도 있습니까? N 때문에 고통스러웠던 적이 한 번이라도 있습니까? N을 향한 마음이 식은 적이 한 번이라도 있습니까?"

"없었어요. 단 한 번도. 이번 경우를 제외하고는."

거짓말을 할 수는 없었지요.

"완벽한 여자였어요. 내가 아는 사람 중에서, 내가 만났던 사람 중에서, N 같은 여자는 없었어요."

"오오."

잠자리안경이 일자 앞머리를, 일자 앞머리가 노란 눈알을, 노란 눈알이 잠자리안경을 돌아보며 더없이 행복한 미소를 지었습니다.

"소설 속 주인공으로부터 감사 인사를 받는 기분이군요. 정말이지 하늘을 날아갈 것 같습니다. 실로 영광입니다. 아, 눈물 나."

"이제 와서는 누구에게 감사할 일도 감사받을 일도 없겠지요. 모든 게 끝났으니."

"그게 무슨 말씀인가요. 끝나다니."

"몰라서 묻나요. 사람들 참 나쁘네."

"죄송하지만 정말 몰라서 그럽니다. 끝이라고요?"

"의식은 곧 돌아올 테지만 기억은 영영 돌아오지 않을 거라면서요. 돌이킬 기억이 남아 있지 않다는 편이 정확할 거라면서요."

"아하, 그런 오해가."

"……."

"그러지 마세요. 낙심하실 필요 없습니다. 소중한 추억들을 더 이상 공유할 수 없게 된 것은 물론 가슴 아픈 일이지만."

"어째서요?"

"N은, 그리고 차연 님은, 예전에도 그랬듯 앞으로도, 서로 죽음과 같은 사랑에 빠질 수밖에 없는 운명의 존재들이니까요."

갈색 잠자리안경이 지그시 눈 감고 고개를 끄덕였어요. 어린 시절 고향집을 회상하는 90대 노인처럼.

"거듭 강조하지만 우리 세 사람이 진정 바라마지 않는 것은 차연 님이 완전한 사랑 안에서 완전한 행복을 맞이하는 일입니다. 이건 진심 중에 으뜸가는 진심입니다. 이 진심을 믿어주지 않으시면 일이 곤란해집니다. 우리 셋이 2735년도로부터 지금 여기로 건너온 이유가, 여기서 선생과 함께 이런 시간을 보내고 있는 이유가 바로 그러하니까."

"빌어먹을. 나더러 뭘 어쩌란 말인가요."

"완전한 사랑으로 돌아가세요. 조금의 걸림도 후회도 없는 사랑. 아늑하고 융숭 깊은 사랑. 투정도 질투도 의심도 간섭도 권태도 거짓도 없는 사랑. 늘 적당한 거리 저편에 서서 나만을 바라봐주는 사랑. 늘 변질될 줄 모르는 새롭고 신선한 사랑. 그런 사랑으로."

"아아 씨발, 그래서 뭘 어쩌라고. 과거로 돌아가라고? 타임머신을 타고 7개월 전으로 돌아가라고? 나를 만난 적도 없는 그녀를 붙들고 연속극 재방송 같은 사랑을 다시 나누라고?"

"그럴 수 있다면, 그렇게 해서 나쁠 것이 없겠지요. 안 그렇습니까."

"뭐가 어째?"

"흥분을 조금만 가라앉히시고요, 이제부터 극히 중요한 질문을 하나만 드리겠습니다. 변함없습니까?"

"그건 또 무슨……."

"마음 말입니다. 차연 님의, N을 향한 마음."

"……."

"생각할 시간이 필요하신가요?"

"아아. 아아아."

"아아아, 라니. 어떤 의미인지 궁금하군요."

"……."

"다시 묻습니다. 지금이라도 돌아온다면 묻지도 따지지도 않고 푸근하게 안아줄 수 있을 것 같던 마음. 당장에 한 통의 전화만 걸려온다면, 그런 기회가 주어진다면 다시는 N에게 N을 둘러싼 어떤 대상에 대해 집착도 편견도 오해도 의심도 질투도 하지 않을 것만 같던 마음. 요컨대 그 마음이 처음과 다름없는 그대로입니까? 혹시 어떤 변화가 생기지는 않았습니까?"

사랑밖에 난 몰라

GSC의 수명은 1년이다. 평균이 아니라 최하 1년이고 길면 1년 8개월까지 하나의 생체 시스템 안에서 연속 활동이 가능하다. 수명 다한 GSC는 시스템 안에 쌓인 오염 물질을 제거하고 노후화한 부품을 교체한 뒤 생체 에너지를 주입해 새로운 생명을 부여하는 작업이 가능한데, 특별한 경우를 제외하고는 폐기되는 경우가 대부분이다. 비용 등 몇 가지 측면에서 그 편이 합리적인 때문이다. 따라서 출고 후 1년이 되기 앞서, 한 기의 GSC 안에 입력된 데이터를 같은 모델의 GSC에 이식해주는 것은 거의 필수적인 작업으로 통한다. 그로서 GSC의 수명 한계를 극복하여 생에 연속성을 부여하는 것이다. GSC의 입장에서는 오염되고 낡은 몸에서 탈출해 새로운 보금자리에 자신의 의식과 기억과 정체성을 옮겨 담는 일이며, 인간의 경우 뇌 이식이 그와 크게 다르지만 흡사한 작업이라고 할 수 있겠다. 이상이 2730년대 사이보그 기술력의 현실이자 한계다.

"21세기는 사실 엄청나게 위험한 환경의 도전을 감당해야 하는 시기입니다. 각종 환경오염과 자극적인 음식, 두 가지만으로도 GSC의 소화계와 호흡기계는 치명적인 위험에 노출되어 있는 셈이거든요."

출고 200일째로 비교적 시간 여유가 넉넉했던 지난 4월, N의 정기검사 결과를 접한 그들이 크게 놀라고 또한 당황했다. 1년 8개월에 이른 GSC의 그것만큼이나 시스템이 크게 노후화되어 있었던 것이다. 자체 결함인지 외부 요인 탓인지 모르지만 절대로 흔한 경우가 아니었다. 그리고 당장 시급한 일은 자체 결함이냐 외부 요인이냐를 따지는 게 아니라 지난 7개월 동안 축적된 기억 데이터를 새로운 N(의 육신)에 이식하는 작업이었다.

새로운 N이 변함없는 N으로서 생활할 수 있도록 하는, 정상적인 상황이라면 3개월 뒤에나 시작했어도 충분했을 작업. '누구도 예상 못 한' 치명적인 사고는 바로 그 과정에서 발생했다. 데이터를 이식하는 과정이 아니라 이식할 데이터를 백업하는 과정에서였다.

"체내의 바이러스 인자를 또 다른 종류의 바이러스 인자들이 둘러싸고 공격해서 괴멸시키는, 마치 그런 장면 같았어요. 그런 방식으로 데이터-기억들이 빠르게 붕괴되기 시작했지요. 고작 이십여 분만에 말이에요. 마치 누군가, 메인 시스템에 접속한 것을 눈치채고는 데이터를 서둘러 삭제하는 것 같더군요. 한 무리의 쥐들이 절벽 아래 강물로 우르르 뛰어드는 것 같기도 하고. 그런 건 저도 처음 봤습니다."

부랴부랴 응급처치와 데이터 복원 작업을 벌였지만 붕괴된 세포를 반의반도 지켜낼 수 없었다. 결국 남겨진 데이터는 전체의 14.372퍼센트. 최악의 상황이었다. 내부 오류인지 외부의 원인 때문인지, 다시 말해 Tess93의 문제인지 GSC의 문제인지

(또는 N의 문제인지) 아직 파악조차 되지 않은 상태. 다만 한 가지, 시스템이 출고 7개월 만에 마치 1년 8개월 후의 그것처럼 급하게 노후화되었던 의외의 상황-사건과 밀접한 연관성이 있지 않을까 추측해볼 뿐이었다.

"N을 다시 만나면, 새로운 N을 다시 만난다면."

"말씀드린 그대로입니다."

"……."

"차연 님을 기억 못 할 겁니다. 일부 기억이 남아 있긴 하지만 기억 못 하는 선과 면의 부피가 압도적으로 크기에, 논리적 추론에 따라 그 같은 마이너리티 리포트는 무시되고 말 겁니다. 요컨대 함께 처음으로 영화관을 찾은 날이라든가 명동의 사무치도록 맛없고 불친절하던 식당이라든가, 두 분이 만들어낸 지난 추억들의 100개 가운데 86개는 전혀 기억 못 할 것이며 나머지 열네 가지의 아스라한 기억들에 대해서도 긴가민가하다가 결국은 고개를 저을 겁니다. 누군지 모르는 사람과의 기억이 자신 안에 남아 있다는 사실 자체를, 스스로 견디기 힘들 테니."

"하지만 실망하지 마세요. 희망 없는 지옥이 있습니까?"

노란 눈알에 이어 일자 앞머리가 쉬지 않고 껴들었어요.

"낯섦 속에서, 그러나 납득할 수 없으리만치 강렬한 친숙함을 차연 님으로부터 느낄 겁니다. 처음 만나는 순간은 물론 그 이후로도, 이따금씩 엄습하는 낯익음과 기시감에 어리둥절할 때가 적지 않을 겁니다. 남겨진 기억은 14퍼센트에 지나지 않지만, 그녀의 영혼에 깃든 차연 님의 향기는 그보다 더 그윽할 것입니다."

"영혼이라."

적절한 상황이 아니었건만 슬프게도 웃음이 나왔어요. 갈색 잠자리안경이 지극히 걱정스러운 얼굴로 나를 바라보더군요. 견디기 쉽지 않은 눈빛이었습니다.

가질 수 없는 너

그랬구나. 그래서 그랬던 거구나. 지난 석 달간 단 십 분도 제대로 자본 적이 없다는 말은 과장도 거짓도 아니었구나. 그 이상의 수면 시간은 필요조차 없었겠구나. 남산에서 두 명의 버르장머리 없는 거구들을 보기 좋게 쓰러뜨렸던 것도 그랬던 거구나. 그들로서는 목숨 부지했던 일을 천운으로 생각해야 할 노릇이겠구나. 가족에 대해서, 친구에 대해서, 학창 시절에 대해서 이야기한 적이 단 한 번도 없는 것도 그래서였구나. 천애 고독의 존재라서 그다지 할 말이 없었던 거구나.

어쩐지. 어쩐지 뭔가 되게 이상하더라니. 어쩐지 세상에 모르는 게 없더라니. 오징어에 대해 쉬지 않고 삼십 분도 넘게 떠벌려대더라니. FC서울 정조국의 골을 보고는 단박에 1993년 UEFA컵 결승전에서 터진 AC밀란의 골 장면을 이야기하더라니. 어쩐지 성격도 마음씨도 이 세상 사람 것 같지가 않더라니. 짜증이나 싫은 소리는커녕 미간 한 번 찌푸리는 일 한 번 없이 늘 생각해주고 위해주고 챙겨주고, 내겐 과분하도록 완벽하더라니.

미리 알고 있었더라면. 그랬더라면 좋았을 텐데. 그랬더라면 피할 수 있는 일이 더 많았을 텐데. 만날 때마다 넉넉지 않은 주머니 사정을 핑계로 맵고 짜고 자극적인 동태찌개 따위나 사 먹이지는 않았을 텐데. 시스템 노후화로 두통을 호소할 때 생리 타령이나 하다가 그럼 오늘은 이만 헤어지자고 먼저 시들해지지 않았을 텐데. 그랬더라면 4월 마지막 밤, 미래타워 현관 앞을 서성이던 세 남자로 인해 고통스럽지 않았을 텐데. 명쾌하게 해명하지 않는 것에 대해 화도 내지 않았을 텐데. 내가 만나는 사람이 누군지 누구였는지 모르겠다고 천하에 야비한 언어의 비수를 꽂지 않았을 텐데. 그때 알았더라면. 그랬더라면 이런 후회는 없었을 텐데.

얼마나 힘들었을까. 누구도 알지 못할 존재의 비밀이 얼마나 한스러웠을까. 그를 속 시원히 밝힐 수 없는 자기 처지가 얼마나 안타까웠을까. 그로 인한 불신과 오해를 바라볼 수밖에 없는 현실이 얼마나 고통스러웠을까. 결국은 이 모든 고통의 원인이자 결과인 내가 얼마나 원망스러웠을까. 아랑도 이해도 모르는 내 아둔함이 얼마나 야속했을까. 혀끝으로 속삭이고 손끝으로 어루만지는 사랑, 비닐봉투처럼 가볍고 얄팍한 우리 사랑이 얼마나 쓰리고 아팠을까.

그것만이 내 세상

창문 넘어 어렴풋이 옛 생각이 나겠지요

혼자 되어 집에 돌아오니 일요일 새벽 네시 이십삼분. 피곤했어요. 너무 피곤해서 속이 다 메슥거렸어요. 내가 접하는 세상은 단 하룻밤 새 완전히 다른 것이 되어 있었으며 그러나 너무도 피곤하고 속이 메슥거리는 통해 슬픔에 빠질 겨를도 없었어요.

집에 들어서서, 빈집에 들어서면 늘 그렇게 하듯 마루 한가운데 서서 아무도 없는 실내를 둘러보거나 일없이 냉장고를 열어보지도 않고 화장실 가는 방향에 놓인 화분의 고무나무 잎사귀를 손끝으로 톡 건드리지도 않고, 곧장 방에 들어갔어요. 옷을 입은 채 침대에 소리 나게 벌러덩 누웠어요. 기이하고 끔찍한 격정에 밤새 사로잡혔던 몸이 너덜너덜 구겨지고 찢긴 이면지 같았어요. 당장 행동에 옮기지 않으면 생명에 위험을 초래하거나 명예와 재산을 모두 잃게 될 뭔가가 저편 책상 위에 놓여 있다고 해도, 그를 위해 침대에서 몸을 일으키지 않을 터였어요. 피곤하니까. 지쳤으니까. 아무런 것도 행동하고 생각하기 싫으니까. 머잖아 날이 밝을 시간. 미지근한 눈물이 주르르 관자놀이를 타고 베개에 스며들었어요.

쿵쿵. 쿵쿵.

귓가에 목소리들이 자분자분 들려왔어요. 밤새도록 번갈아 중얼거리던 세 남자의 목소리였어요. 지우개를 물고 국어책을 읽듯 영 어눌한 발음들. 다섯 가지 언어로 거푸 번역을 거친 영 어색한 화법들. 송곳으로 귓구멍을 쑤시고 싶었어요. 수세미에 세제 거품을 잔뜩 내서 뇌 주름을 문질러 닦고 싶었어요.

쿵쿵. 쿵쿵쿵.

그런데 왜 이렇게 시끄러울까. 현관 밖에 누군가 있었어요. 누군가 현관문을 쿵쿵 두드리는 중이었지요. 뭔가 실랑이를 벌이는 듯한 목소리들.

302호! 안 계세요?

302호면 이 집 아닌가. 모른 척해야지. 아무도 없는 척. 우편물이나 택배가 있다면 경비실에 맡겨둘 테지. 가스 검침이나 소독이라면 다음에 다시 방문할 테지. 그런데 이 새벽에 택배 배달은 뭐고 가스 검침은 또 뭐람. 현관 밖에서 웅성거리는 목소리들. 무슨 일일까. 날도 밝지 않은 일요일 새벽에. 빌어먹을. 아무 행동도 생각도 하지 않고 죽은 듯 누워 있을 자유조차 내겐 없는가. 겨우 몸을 일으켰습니다. 머릿속이 하염없이 빙글빙글.

"……누구세요."

그러자 웅성웅성 잦아드는 복도의 목소리들.

"경비실이에요. 주무시는데 죄송합니다."

"무슨 일이신데요."

"그게요, 여기 이 여자분이……."

여자분? 작지만 날렵하게 목덜미를 베고 지나가는 직감에 얼른 몸을 일으켰어요. 현관문을 열어젖히자 감색 모자를 쓴 경비원 뒤로 두 사람이 보였어요. 한 명은 노란색 나일론 조끼를 입은 남자요 한 명은 여자였으며 그녀는 바로 N이었습니다. 온몸의 피가 쏙 빠져나가는 것 같더군요.

"죄송하지만 여기, 아시는 분인가요?"

나이 든 경비원이 떳떳지 못한 얼굴로 묻더군요.

"다짜고짜 302호에 가야 한다고…… 하도 떼를 써서 경찰을 부를까 하다가."

"괜찮아요? 다친 데 없어요?"

덜덜 덜덜덜 형편없이 떨리는 손으로 그녀의 어깨를 잡았어요. 그 익숙한 두께. 그 익숙한 감촉. 그 익숙한 체온.

"예, 아무렇지도 않아요."

그러고는 곁에 선 이들의 시선이 민망한지 나직이 빠르게 속삭이더군요.

"미안하지만 택시비 좀 내줘요. 나중에 두 배로 갚을게요."

"알았어요. 걱정 말고 들어와요. 자, 어서."

날아갈세라 그녀의 식은 몸을 품어 안고 거실로 이끌었어요. 쓰러질 새라 고이 소파에 앉히고는 그 얼굴을 빤히 바라보았지요. 틀림없는 그녀였어요. 그러고는 왜 그런 생각을 했을까, 냉장고에서 보리차를 꺼내 유리컵 한가득 따라 건네었습니다.

"놀랐죠? 미안해요 갑자기. 이런 시간에."

"지금 열심히 놀라는 중이에요. 정말 별일 없어요?"

"아무렇지도 않다니까요. 조금 어지럽기는 하지만…… 그런데 이상하네."

"뭐가 이상한가요."

"내가 어쩌다가 여기까지 왔더라……. 생각이 안 나. 아이 머리야."

창백한 얼굴. 한참을 울고 난 것 같은 눈동자. 하체를 꽉 죄는 청바지와 지나치게 크고 헐렁한 흰색 와이셔츠. 어디선가 염소계 소독약품 냄새가 코를 찔렀습니다. 이상하다마다. 초대형

만년필을 닮은 회복 캡슐에 누워 있어야 할 N이 어떻게 여기까지 온 것인지 나 또한 알 수 없었습니다. 나 사는 곳은 어떻게 알고 찾아온 것인지 역시 알 수 없었습니다. 아니, 무엇보다, 기억이 다 지워졌을 텐데 어떻게 나를 기억하고 있는 것인지 알 수 없었습니다. 지금 내 앞의 N이 내가 알고 있는 N 맞는 것일까. 그걸 본인에게 직접 물어도 상관없을까. 활짝 열린 현관문. 경비원은 어느새 떠나가고, 거기 혼자 남은 노란 조끼의 사내가 외쳤습니다.

"저기 사장님, 아직 멀었나요?"

짜증 가득한 목소리.

"에이 참, 이런 시간에 차 세워놓고 와서 도대체 뭐하자는 건지."

"아. 죄송합니다."

방에서 지갑을 챙겨 들고 나와 화난 얼굴의 노란 조끼에게 달려갔어요.

"얼마죠?"

"8만 4천 원 나왔어요."

"현금이 없는데, 카드 되죠?"

투덜투덜 앞서 걷는 조란 조끼를 따라 1층으로 내려갔어요. 카드 결제를 하려면 택시 안의 단말기를 사용해야 했으니까. 바삐 계단을 밟으며 그가 투덜대더군요. 아까 두 시간쯤 전에도 이런 일이 있었거든요. 젊은 여자가 택시비 3만 원 나온 거, 집에 가서 갖다 주겠다고 하고는 아파트에 올라가더니 통 나타나지를 않더라고. 뒷문으로 도망친 걸 까맣게 몰랐으니. 에이, 개 같은 도둑년이 등쳐 먹을 데가 따로 있지……. 비가 내리고 있었습니다. 새벽 비. 언제부터 시작되었을까. 현관 앞에 택시 한 대가 비를 맞으며 세워져 있었어요. 시동도 끄지 않은 채. 노란 조끼가 운전석에 올라서서 차 문을 쾅! 닫았습니다. 열린 차창 사이로 신용카드와 만 원짜리 한 장을 내밀었어요.

"만 원 더 드릴게요. 고생하셨습니다."

빗속의 여인

차 지붕에 툭툭 소리 내어 떨어지는 빗방울. 언제쯤 날이 밝을까. 이 비는 또 언제 그칠까. 카드와 지폐를 받을 생각도 하지 않고 택시 기사가 빤히 나를 바라보더군요. 그러더니 나직이 말했어요.

"타세요."

"예?"

"어서 타시라고요. 피해야 해요."

방금 전과는 전혀 다른 목소리. 방금 전과는 전혀 다른 눈빛. 운전석에 앉은 노란색 나일론 조끼가 누군지 그제야 알아볼 수 있었어요. 오드아이. 갈색 잠자리안경을 벗은 갈색 잠자리안경이었어요. 어쩐지 낯이 익더라니. 빗줄기가 조금씩 거세지고 있었습니다.

"……이거 뭔가요. 지금 뭐하는 짓인가요."

내 목소리가 높아지고 반대로 그는 소리를 죽였습니다.

"시간 없으니 빨리 말할게요. 지금 집 안에 있는 저 여자, 차연 님이 아는 그녀가 아닙니다. 전혀 다른 종류의 GSC죠."

"세상에. 원 세상에."

"반역입니다. 우리가 자신들을 구속하고 생명을 착취한다고 판단한 모양이에요. 그래서 2730년과 2016년으로부터 탈출을 시도하려 하고 있습니다. 아까 내 동료들이 모두 당할 뻔했어요. 다시 말하지만 저 여자, 엄청나게 위험한 존재입니다. 자폭이라도 시도한다면 이런 건물쯤 흔적도 남지 않을 겁니다."

숨도 안 쉬고 내뱉은 그가 우두둑, 닭 모가지를 비틀 듯 기어를 꺾었습니다.

"타격 대원들이 곧 들이닥칩니다. 엄청나게 위험해질 겁니다. 어서 타세요."

미터기에 찍힌 붉은색 숫자 84160을, 급기야 가장자리부터 희번하게 밝아오는 새벽하늘을, 택시 기사로 변신한 잠자리안경의 근심 가득한 얼굴을 황망하게 둘러보았어요. 그때였습니다. 현관문이 열리고 누군가 걸어 나왔어요. N이었지요. 하얀 와이셔츠 단추 두 개를 풀어헤친 N이 나를 향해 두 팔을 쳐들었어요. 쏴아아. 열대 밀림처럼 쏟아지는 빗줄기. 어느새 함빡 젖은 그녀가 머리칼을 쓸어 넘기며 외쳤어요.

"뭐 해요, 차연. 어서 들어와요."

거기서 눈을 떴어요. 침대 위.

훤히 날이 밝아 있었습니다.

얼마나 오래 잠들었을까. 아주 잠깐 눈을 붙인 것 같은데. 땀을 얼마나 흘렸는지 허벅지와 잔등이 끈적끈적하더군요. 일요일 오전. 성경책을 든 이들이 환하게 웃는 얼굴로 인사하며 교

회 앞마당에 모여드는 시간. 두근두근 놀란 가슴이 좀처럼 긴장을 풀지 못했습니다. 굉장한 꿈이었어. 완벽한 꿈속 완벽한 배우들의 완벽한 연기. 잠 깨지 않았더라면 지금쯤 SF영화 속 긴박한 추격 장면 속을 질주하고 있을 텐데.

사랑이 어떻게 너에게로 왔는가. 햇빛처럼 꽃보라처럼 또는 기도처럼 왔는가.

엉뚱한 시 한 구절이 느닷없이 입가에 맴돌았습니다. 누가 쓴 시더라.

"일어났어요?"

책상 앞에 N이 앉아 있었습니다. 차가운 보리차 가득 담긴 유리컵을 손에 든 채.

"왔나요."

"조금 전에."

창가의 오전 햇살이 두껍게 화장을 한 듯 뽀얬어요.

"이상한 꿈을 꾸었어요."

"그런 것 같더군요."

"잠꼬대하던가요."

"중얼중얼 우는 소리도 내고, 가위 눌린 사람처럼 신음도 하고. 깨우려다 말았어요."

"지금 몇 신가요."

"더 누워 있어요. 난 괜찮으니까."

"내가 지금 속 편하게 잠이나 자고 있을 상황이 아니거든요."

"차연."

책상에 유리컵을 내려놓은 그녀가 소리 없이 웃었어요. 아, 저것. 바로 저 미소. 언제라도 나를 미치게 만드는 얄미운 입술 곡선.

"차연은 나를 믿나요."

"갑자기 무슨 말인가요."

"나 믿느냐고요. 나란 사람."

"믿지요. 물론 믿지요."

그런데 몸을 일으키기가 왜 이렇게 힘들까.

"세상에 믿을 게 N밖에 더 있나요."

침대 쿠션 속으로 끈적끈적, 잔등이 자꾸만 빠져드는 것 같으니.

"믿음이란 그림자예요. 자기 자신으로부터 드리워진."

"……."

"세상에는 수없이 많은 것들이 존재하지만, 우리가 믿는 것들은 그중의 극히 일부에 불과하죠. 보고 듣고 느끼고 배워서 알거나 그를 통해 상상해볼 수 있는 외의 것들을, 우리는 절대 믿지 못해요. 그래서 적게 알수록 깊이 믿으며 많이 알수록 믿음은 희박해지죠."

"……맞는 말 같아요."

진땀이 났어요. 그녀가 방 안에까지 찾아왔는데 벌렁 드러누워 움직일 수가 없다니. 손 뻗으면 닿을 거리에 앉아 있는데 다가가 안아주지도 못하다니. 고개를 쳐들기조차 쉽지 않다니.

"N이 누구인지 알기 전까지, 나도 N에 대해 옳지 않은 믿음을 가지고 있었거든요."

"더 이야기해줄 수 있나요"

"실은 N을 만나 사랑에 빠지던 즈음에 새삼 시작한 것이 하나 있었어요. 지난 여자들을 정리해보는 작업."

"지난 여자들?"

"전에 사귀었던 친구들이요. 장식장에 널린 액자들의 먼지를 닦아내고 가지런히 정리하듯 한 사람 한 사람 추억하고 분류해 보는 일. 그녀들이 나에게 가장 중요한 그녀였던 시간들을 소중히 기억해내는 일."

"……."

"그래서 그랬는지 언젠가부터 N와 함께 있다 보면, 지난 여자들에 대한 기억들이 동창회를 하듯 우르르 찾아들곤 했어요. 그간 만나 사랑하고 다투고 화해하고 멀어져간 그들 모두를 같은 자리에서 한꺼번에 만나는 기분. ……화났나요?"

"전혀요."

"조금도 즐겁지 않았어요. 어떤 느낌이냐 하면, 이상했어요. 되게 이상하고 걱정스러웠어요. N을 알기 전에는 단 한 번도 그런 일이 없었거든요."

"이해할 수 있어요."

"왜 이러는 것일까. 지난 여자들이라니. 뭐가 잘못된 것일까. 궁리 끝에 마침내 정답을 찾아낼 수 있었죠. N과 그녀들 사이에 닮은 데가 너무나도 많은, 바로 그 때문이었어요. 선희. 지민. 주영. 제니. 채환. 민조. 이연. 한때 가까워졌고 한때 사랑했고 한때 멀어졌고 한때 헤어진 그녀들의 어떤 면을, N은 기가 막히도록 고스란히 닮아 있었거든요. 그런가 하면 또 어떤 점들은 기가 막히게 닮지 않았고."

그녀가 가만히 고개를 끄덕였어요.

"내 존재를 알고 나서, 나를 향한 믿음이 철저하게 깨졌겠군요."

"정반대였어요."

"……."

"그것은 멋진 우연이 아니었어요. 한때 나를 미치게 했던 지난 여자들의 매력을, 매력들을, N이 빠짐없이 지니고 있다는 것. 그것은 신이 뒷걸음질하다 엉겁결에 내 앞에 떨어뜨린 선물 상자가 아니었어요. 그것은 프로그래밍의 힘이었어요. 지난 여자들의 성격과 버릇 등을, 더불어 내 개인적인 취향과 변덕의 미세한 차이까지를 데이터베이스화하여 최적의 조합으로 이끌어낸 결과물이었죠."

"……."

"따라서 N에 대한 내 믿음은, 그만큼 넓고 깊어질 수밖에 없었지요. N이야말로 내게는 세상에 둘도 없이 완벽한 여인이라는 믿음은."

“고마워요 차연.”

질긴 고무줄에 온몸 칭칭 묶인 듯 꼼짝도 못하는 나를 위해, 그녀가 침대 곁에 다가와 앉았어요.

“정말 고마워요. 그 믿음.”

손을 들어 내 뺨을 가만가만 어루만져주더군요. 그 감촉. 온몸의 감각들이 일순 기립해 열렬히 박수를 치는 것 같았습니다. 수줍어서 자꾸만 허리가 뒤틀렸습니다. 창피해서 자꾸만 사타구니가 간지러웠습니다. 야릇해서 허벅지 사이 깊숙한 곳이 자꾸만 딱딱하게 커졌습니다. 그녀의 나직한 목소리가 귓가에 미칠 듯 어지럽게 요동쳤습니다.

“그거 알아요? 차연은 나를 내가 되도록 만들어주는 세상의 단 한 사람이에요.”

거기서 울컥 잠 깨고 말았어요.

벌떡 일어나 앉아 길게 숨을 내뱉었습니다. 빌어먹을.

텅 빈 방 안. 오후 한시 사십분. 비가 오려는지 잔뜩 흐린 날이었어요. 방 안에 칙칙하게 내려앉은 정적. 꿈과, 꿈속에서 꾼 꿈과, 가위에 눌린 채로 생생하게 주고받은 꿈속 대화들이 방바닥에 작은 벌레들처럼 꼬물거렸어요. 잠깐 사이에 한 12년

정도 늙어버린 기분이었어요. 해장술에 취한 듯 늘어지는 잠기운을, 어떻게 하면 끊어낼 수가 있을까.

화장실에 가서 오줌을 누고 세면대의 물을 세게 틀었습니다. 거울 저편. 노숙자 같은 남자가 노숙자 같은 눈빛으로 나를 노려보고 있었습니다. 찬물로 후적후적 세수를 하고 힘차게 코를 풀다 말고 울었습니다. 느닷없이 터져 나오는 울음을 막지 못했습니다. 소리 내어 울었습니다. 세면대를 두 손으로 붙든 채 꺼이꺼이 울었습니다. 어깨를 떨며 아이처럼 눈물을 주룩주룩 흘렸습니다. 보고 싶었습니다. 보고 싶어 가슴이 아팠습니다. 꿈속의 그녀와 헤어지고 말았다는 사실이 서러워 견딜 수 없었습니다. 울먹울먹 일그러진 입술 위로 멀건 콧물이 줄줄 흘러내렸습니다. 그녀를 다시 만날 수만 있다면 꿈속에서 평생 나이를 먹으면서 살 수 있을 것 같았습니다. 내가 아는 그녀를 다시 만날 수만 있다면 꿈인 줄 알면서 꿈에서 영영 깨지 않아도 견딜 수 있을 것 같았습니다. 외롭구나. 세상에 온통 나 혼자뿐이구나. 한번 터진 울음은 좀처럼 그치지 않았습니다. 이웃 층 사람들이 혹시 듣지 않을까 싶어 수돗물조차 잠글 수 없었습니다.

넌 내게 반했어

화요일 오후. 필자 만난다는 핑계를 대고 네시쯤 사무실에서 나왔어요. 들어오는 거지? 여우 같은 주간이 지나가듯 물었고 나는 그럼요, 얼렁뚱땅 여우같이 대꾸했지요. 다음 달 계획 잡힌 두 종의 신간을 위해 디자인 팀 직원과 함께 야근을 해주었으면 하는 눈치를 왜 모르겠습니까. 하지만 오늘 같은 날 야근이라니, 나 자신에게 용서가 안 될 노릇이었지요.

무교동 다정빌딩. 시종 80년대 가요가 떠도는 1980년대식 호텔 커피숍. 그때 그 자리에 그 모습 그대로 그들이 앉아 있었어요. 어김없이 양 팔꿈치에 가죽을 댄 코르덴재킷, 노란 눈알이 먼저 인사했어요.

"안색이 형편없으시군요."

"잠을 며칠째 설쳤거든요."

"저런."

"아직은 견딜 만해요. 이거……."

테이블 너머로 들고 온 종이봉투를 건네었어요.

"다 챙기신 건가요."

"예, 대충."

의류 브랜드가 큼직하게 인쇄된 종이봉투를 건네받은 잠자리안경이 치과의사처럼 충고했어요.

"이따 방문 드려서 다시 한 번 점검하겠지만 남은 물건이 있으면 좋지 않습니다. 언제 갑자기 골치 아픈 상황을 갑자기 만날지 모르니까. 잠자리에 들기 전에 다시 한 번 확인 부탁드립니다."

"그럴게요."

"잔소리 같지만 핸드폰, 컴퓨터, 인터넷 가상공간에 남겨진 흔적이 있지 않은지도 유의해주시고요."

"……예."

봉투 안의 내용물을 이리저리 확인하는 모습을 보고 있노라니 그저 참담했어요. 전날 밤 한숨을 사발로 내쉬며 예의 물건들을 한데 챙기던 때와는 종류가 다른 참담함이었지요. 내 생일 때 선물받았던, 을지로 L쇼핑센터 지하 1층과 4층과 5층을 뒤져 구입한 갈색 스웨터와 검은 가죽 반지갑. 명동에서 찍은 스티커 사진. 언제더라 음악 소리 정신없는 락카페에서, 신청곡을 적는 종이 뒷면에 그녀가 즉석에서 그려준 내 얼굴 데생. 배꼽을 한 번 누르면 안녕?, 한 번 더 누르면 나 좋아?, 또 한 번 누르면 사랑해! 외치는 소녀 인형. 점퍼 안주머니에서 발견한, 미처 돌려주지 못한 그녀의 벙어리장갑 한 짝. 그녀를 위해 저자 사인까지 받아놓았지만 역시 줄 기회를 영영 놓치고 만, 내가 일하는 출판사에서 나온 어느 시인의 산문집. 7개월 동안 남겨진 또는 버려진, 고물상에 팔아봐야 3천 원도 받지 못할 물건들.

"늦어도 열한시까지는 잠자리에 드셔야 합니다."

일자 앞머리가 성냥갑만 한 플라스틱케이스를 건네었어요. 내부가 두 칸으로 나뉘어져서 한 칸에는 길쭉하고 투명한 빨간색 알약 한 알이, 다른 칸에는 흰색 동그란 알약 두 알이 들어 있었지요.

"따뜻한 물 한 잔과 함께 빨간 약을 한 알 드세요. 제아무리 불면증 심한 사람이라도 다음 날 일곱시까지 꿈도 없이 깊은 잠에 빠질 수 있을 겁니다."

"수면제인가요."

"더불어 작업이 용이하도록 뇌 속 기억의 지도를 선명하게 만들어주는 성분도 들어 있죠. 인체에 무해하니 안심하세요."

"하얀 약은 뭔가요."

"21세기 수면제와는 성분이 많이 다르거든요. 삼십 분이 지나도 잠이 오지 않을 것 같으면 그때 하얀 약을 한 알 드세요. 그래도 효과가 없을 경우에 한 알이 더 필요하지만, 웬만큼 약물 내성이 강한 분이라 해도 그 정도까지 가는 일은 없을 겁니다."

오늘 밤만 내게 있어줘요. 더 이상 바라지 않겠어요. 아침이면 모르는 남처럼. 잘 가라는 인사도 없이. 사랑해요. 그것뿐이었어요.

하염없이 이어지는 1980년대 노래들.

"많이 불안하신 모양이군요."

"불안하다기보다 궁금해요. 어떤 기분일지."

"아무 기분도 아닐 겁니다. 모든 절차가 성공적이라면, 물론 당연히 그렇겠지만, 아무런 차이도 느끼시지 못할 겁니다."

일자 앞머리가 1980년대 커피에 설탕과 프리마를 듬뿍 넣고 휘저었어요.

"분명히 드릴 수 있는 말씀은, 선택적 삭제 요법이야말로 기억의 오류 문제로부터 가장 안정적인 방법이라는 점입니다. 대

뇌피질에 전기적으로 직접 작용하는 만큼 후유증도 적고."

"……."

"꿈도 없는 잠에 푹 빠졌다가 깨어나보면 평소 잠들고 눈뜨는 방 안, 침대 위의 아침 시간일 것입니다. 머리도 아프지 않고 숙면으로 인해 몸 또한 한결 가뿐할 것입니다. 다만 N에 관련된 기억만이 감쪽같이 사라져 있을 것입니다. 그녀를 처음 만나던 때부터 오늘 이 순간까지 차연 님 안에 남겨진 기억의 일부가 말끔히 삭제되었지만, 뭔가 사라진 것 같다는 느낌은커녕 지금의 대화조차 까맣게 기억 못 할 것입니다. 나중에 누군가 N의 안부를 물어온다 해도, 누군가 사라진 N의 기억을 돌이켜보려 애쓴다 해도, 차연 님의 전두엽이 그럴싸한 핑계의 방어체계를 만들어내 그에 대응해낼 것입니다."

갈색 잠자리안경이 갈색 잠자리안경을 고쳐 썼어요.

"그리고 머지않아, 아마도 다음 달쯤, 소박하고 화기애애하지만 부담스럽지 않은 어느 술자리에서 우연히 N을 만나게 될 것입니다. 모든 상황은 전어구이에 술을 마시던 지난 10월 밤과 크게 다르지 않을 것입니다. 햇살 강렬한 8월 아닙니까. 스치듯 마주친 그녀로부터 견딜 수 없도록 강렬한 끌림을 경험하게 될 것입니다. 이후로 미칠 듯 그녀에게 미치겠지만, 덩달아 바닥없이 아찔한 기시감을 몇 차례 경험하겠지만, 지워진 기억이 되돌아오는 일은 절대 없을 것입니다. 그것은 N 역시도 마찬가지일 것입니다. 그리고 또 어떤 일이 일어날지는 설명하지 않겠습니다. 아니, 설명할 수 없습니다. 과학자이지 예언가는 아니니까."

"질문이 하나 더 있는데."

"말씀하세요."

"오늘, 술 한잔 해도 되겠습니까."

"술 약속이 있으신가요."

"아닙니다. 아무도 만나지 않을 겁니다. 다만, 이날을 기념하고 싶어서."

"상관없습니다. 너무 취해서 다른 곳에서 주무시거나 약 먹는 것을 잊어버리지만 않는다면."

"명심하겠습니다."

"잊지 마세요. 자정에서 삼십 분이 지난 뒤에 방문하겠습니다. 물론 인기척조차 느끼지 못하시겠지만."

"이거 받으세요. 현관 카드키."

"오, 까먹을 뻔했네."

"301호, 도어락 비번은 697001."

"697001?"

"예."

"잘 알겠습니다. 카드키는 나중에 식탁 위에 올려놓고 가도록 하죠."

세 사람을 천천히 둘러보노라니, 아, 뭔가 끝도 없이 아찔해지더군요. 참 경이로운 일이야. 세상 어떤 무지막지한 인연으로 이들을 만나게 된 것일까. 7개월도 아니고 720년 뒤 미래에서 찾아온 이들을.

"그럼 이제, 다 끝난 건가요."

"끝이라니요."

갈색 잠자리안경이 눈을 크게 떴어요.

"시작이죠. 이제 시작입니다."

늘 바람 탁하고 심한 곳. 청계천이 흐르는 광교 사거리 횡단보도 앞에서 그들과 헤어졌습니다. 퇴근 시간 앞두고 바빠진 차량들의 소란 속에 멈춰 선 세 사람이 차례로 나를 끌어안고 어깨를 두드려주었어요.

"이제 다시는 만날 일이 없는 건가요."

갈색 잠자리안경이, 일자 앞머리가, 노란 눈알이 옅게 웃었어요.

"물론 그렇습니다."

"어쩌다 다시 만난다 해도, 우리들을 기억 못 하실 테죠."

"부디 그런 일이 없기를 바랍니다. 지금처럼, 뭔가 잘못되어 있을 경우에 그러할 테니."

이럴 때는 어떤 인사말이 좋을까. 궁리하다 말고 서럽도록 깊은숨을 들이마셨습니다.

"솔직히 말해주세요."

검은 새 떼가 북쪽 하늘 향해 유유히 날아가고 있었습니다.

"이 선택이 옳은 것인가요. 지금 해야 할 일을 제대로 하는 중인가요."

"물론입니다. 믿으세요. 이렇게 대답하기 위해 지금 우리들이 이 자리에 있는 겁니다."

누군가 그렇게 대답했어요. 셋 가운데 누구였던지는 기억나지 않습니다.

"또한 이 대답이 헛되지 않도록, 앞으로도 우리는 우리가 있어야 할 자리를 굳게 지킬 것입니다. 그러니 차연 님도 자리를 지켜주세요. 장차 있어야 할 바로 그 자리를."

가려진 시간 사이로

사랑이 어떻게 너에게로 왔는가 햇빛처럼 꽃보라처럼 또는 기도처럼 왔는가 행복이 반짝이며 하늘에서 몰려와 날개를 거두고 꽃피는 나의 가슴에 걸려온 것들……

약속 시간 빠듯한 사람처럼 걸음을 재촉했어요. 이윽고 다다른 종각역. 바삐 계단을 밟아 내려간 덕분에 승강장을 막 떠나려는 인천행 지하철 1호선에 올라탈 수 있었지요. 사람 많더군요. 비좁은 시공간을 나눠 가진 사람들 속에 섞여 내일 하루는 또 어떤 세상일까 생각해봅니다. 느닷없는 시구절이 그때 다시 떠올랐어요. 지난 일요일. 척추 다친 사람처럼 온종일 침대에 드러누워 밑도 끝이 없이 중얼거렸던.

……꿈은 속속들이 마음속 깊이 스며들어 나는 취한다 어린 아이들이 호도와 불빛으로 가득한 크리스마스를 보듯 나는 본다 내가 밤 속을 걸으며 꽃송이 송이마다 입 맞추어주는 것을.

그댄 봄비를 무척 좋아하나요

부천역. 기억을 더듬어 상공회의소 방면 3번 출구로 나섰어요. 저물녘. 네 달 전 오늘이 절로 떠올랐어요. 그날의 부천역은 오늘과 여러모로 달랐지요. 화요일 아니라 토요일이었고 저물녘 아니라 오후 한시였으며 나 혼자 아니라 N과 함께였으니. 뿐인가 급할 게 없는 지금과 달리 정해진 시간 내에 약속된 곳에 찾아가기 위해 한눈팔 겨를이 없었으니. 출판사에서 관리하는 저자 가운데 한 분, 전직 문화체육부 장관이자 현재 지방대학 명예교수로 계시는 모 선생의 둘째아들이 장가가는 날이었어요. 역에서 멀지 않은 곳에 결혼식장이 있었고, 출판사 대표도 아니건만 출판사 대표로 참석하는 임무가 내게 주어졌던 것이죠.

식 시작을 정확히 십삼 분 남겨두고 예식장 2층 사파이어룸에 다다랐습니다. 신랑 아닌 신랑 아버지에게 웃는 낯으로 축하 인사 드리고 축의금 봉투를 내놓고 방명록에 이름 남기는 등의 임무 몇 가지를 무사히 마치고는 식권 두 장까지 받아 돌아서던 참이었어요. N이 내 소매를 잡아당겼어요.

"식 안 보나요."

"밥이나 먹으러 갑시다."

"결혼식 구경하러 가자며."

"구경은 무슨…… 왜, 보고 싶어요?"

"할 것도 없잖아요."

"아, 요번 달만 결혼식 세 탕짼데."

그날은 정확히 열여섯 번째로 N을 만나는 날이었어요. 삼각지 대구탕집에서 소주를 마시고 그러다가 지난 여자들을 떠올리고는 괜히 울적해지고 그러다가 강남역으로 넘어와서 밤길을 함께 걷다 말고 우리 지금 사귀는 건가요 아니 취소 다시 물어볼게요, 했던. 그로써 그녀의 얼굴 위에 어두운 별똥별을 드리우게 했던 그날 저녁 이후로 열여섯 번째.

식이 시작되었습니다. 잠시 후 신랑 누구누구 군과 신부 누구누구 양이 결혼식이 거행되겠사오니 내빈 여러분들은 어찌어찌 해주시기를 바란다는 안내 방송에 이어 주례사 소개와 양가 어머님의 화촉 점화와 힘차게 신랑 입장 다소곳이 우아하게 신부 입장에 이어 성혼 선언문 발표와 주례사……. 결혼하려면 저 짓을 꼭 해야 하나 싶어지는 순서들. 그런데 뭔가 다르더군요. 딱 꼬집기는 어렵지만 어딘지 다르더군요. 누군가와 함께 누군가의 결혼식을 지켜보는 일은. 아니, 누군가의 결혼식을 누군가와 함께 지켜보는 일은. 결혼을 약속한 사이까지는 아직 아니지만, 그 비슷한 생각조차 세상에나 단 한 번도 해본 적 없지만, 하지만 그럴 가능성이 아주 없지는 않은, 사귄 지 얼마 되지 않은 여자와 함께 꽃향기 폴폴 날리는 결혼식장의 하객이 되어 있는 기분은.

이제야 나 태어난 그 이유를 알 것만 같아요, 그대를 만나 죽도록 사랑하는 게, 누군가 주신 나의 행복이죠.

썩 잘하는 노래는 아니지만 용감하게 악을 써가며 김동률의 〈감사〉를 열창하는 키 작고 땅땅한 신랑 친구의 축가에 그래서 누구보다 열심히 박수 쳐줄 수 있었습니다.

"신랑이 우리보다 일곱 살 아래래요."

"어쩐지 어려 보이더라. 신부는요?"

"신랑보다 두 살 아래."

"완전 애네, 애."

"20대에 결혼이라니. 으어."

"부럽나요."

"괴롭네요."

역시 20대는 다르다고 해야 하나. 축가 끝나고 이른바 답가 순서, 하얀 면사포를 쓴 신부 혼자 마이크를 잡았어요.

별처럼 수많은 사람들 그중에 그대를 만나, 꿈을 꾸듯 서로를 알아보고, 주는 것만으로 벅찼던 내가 또 사랑을 받고…….

게다가 뮤지컬 배우 아닌가 싶도록 자신감 넘치는 가창력이더군요. 숱하게 결혼식을 다녀보지만 이런 장면은 처음이었지요. 다른 하객들 역시 그런 마음인지 여기저기서 술렁술렁 흐뭇한 웃음소리까지.

"아, 예쁘다."

N의 작은 미소.

"예뻐요?"

"예쁘잖아요."

"예쁘다고 할 정도는 아닌데. 얼굴 너무 길지 않아요?"

"드레스 말예요."

"저런 거 입어보고 싶나요."

"별로요."

"……."

"왜, 차연은 저런 거 입어보고 싶어요?"

부천역 3번 출구에서 중앙지구대를 지나 원형 교차로 오른편으로 첫 번째 골목, 파리바게트 지나고 아디다스 매장과 커피 전문점을 지나자 롯데리아가 있는 유학원 건물 2층의 Crazy For You 간판을 찾을 수 있었어요. 찻집 같기도 하고 경양식집 같기도 하고 호프집 같기도 한. 생맥주도 팔고 소주도 팔고 커피도 팔고 스파게티도 팔던. 네 달 전, 예식장 임무를 끝마치고 N과 함께 낮술을 마시러 온 곳이었죠.

"어서 오세요 몇 분이세요?"

"혼자요."

"예?"

"한 명이라고요."

"죄송하지만 저녁에는 커피 안 되는데요."

"술 마실 거예요."

"아. 손님이 또 오시나요?"

"아뇨."

사람과의 약속이 아니라 장소와의 약속. 다가올 시간을 위한 약속이 아니라 지나간 시간을 위한 약속. 그런데 창가 쪽 테이블 세 곳이 모두 차 있더군요. 애석해라, 저번에는 세 자리 모두 비어서 어디 앉을까 고르기까지 했는데. 구석진 자리에 숨어들 듯 앉고는 해물치즈떡볶이와 생맥주, 소주를 주문했습니다. 여드름 가득한 얼굴의 하얀 티셔츠 점원을 나는 기억하고 있었지만 그는 내게 저번이랑 똑같네요, 하지 않았어요.

소주를 한 모금 마시고 맥주를 한 모금 마신 다음 나무 그릇에 담긴 새우깡 하나를 씹었어요. 지난번에는 맥주를 마셨지만, 오늘은 N이 없었으므로, 그녀의 소주까지 대신 마셔줘야 했어요. 지난번에 N과 내가 차지했던 창가 끝자리, 지금은 다른 이들이 치킨을 가운데 놓고 맥주를 마시는 중이었어요. 녹

색과 회색이 교차하는 가로줄무늬 반팔 티셔츠를 입은 남자와 노랗게 염색한 머리를 어깨 아래로 늘어뜨린 여자. 여자가 왠지 낯익더군요. 누굴까. 어디선가 본 적이 있는데.

기억의 습작

"맛있게 드세요."

해물치즈떡볶이가 나왔습니다. 뭔가 착각했는지 앞접시 두 개, 포크와 수저를 두 벌씩 내려놓더군요. 필요 없으니 하나씩 가져가세요. 그러려다 말았습니다. 오늘은 생애 어느 때 못지않도록 각별한 날. 훗날 기억에는 묻어나는 게 없겠지만 그런 점에서라도 기념해둘 필요가 분명한 날. 그러니 비감해지지도 울적해지지도 심각해지지도 말 것. 지금에 충실할 것. 의연하게 내일의 나를 대신하고 아쉽게도 오늘 이 자리에 참석 못 한 N을 대신할 것. 맥주를 한 모금 마시고 소주를 한 잔 마신 다음 떡볶이 국물에 잠긴 오징어 조각을 씹었습니다.

으하하하. 창가 가운데 테이블에 앉아 소주를 마시던 청년 네 명이 손뼉을 치며 웃었어요. 새로운 손님들이 우르르 찾아와 홀 한가운데 테이블에 웅성웅성 자리를 잡았어요. 창가 구석 자리의 남녀 커플을 바라보다가, 아, 노랗게 염색한 머리의 그녀가 누구를 닮았는지 기억해낼 수 있었어요. 웨딩드레스를 입고 이선희의 〈그중에 그대를 만나〉를 멋지게 부르던 그 신부. 그래 비슷해. 긴 얼굴형이 닮았어. 초록색 회색 줄무늬 남자가 포크로 치킨 살점을 찍어 건네고, 3월의 신부 닮은 그녀가 크게 입 벌려 그것을 받아먹었어요. 내가 소주 한 잔을 따라 내게 건네고, 내가 크게 입 벌려 그것을 받아 마셨어요. 연이어 맥주를 한 모금 마시고 치즈가 녹아든 떡볶이 한 점을 우물우물. 혼자서 두 사람 분량의 술을 마시려니 두 배로 빠르게 취할밖에. 덩달아 감각마저 예민해지니 저편 두 남녀의 대화가 절로 귀에 들어올밖에.

"물어보고 싶은 게 있어요."

노란머리 여자가 말했지요.

"원래 내가 이런 거 물어보는 성격은 아닌데."

"아닌데 왜 물어보나요. 성격이 변했나요."

"지금이 아니면, 영영 못 물어볼 것 같아서요."

"……."

"관둘까요?"

"알아서 하세요."

"나랑 왜 사귀자고 한 건가요."

"누가요."

"차연이 그랬잖아요."

"내가요? 내가 언제?"

"이분이 정말."

어느새 소주병이 반으로 줄고 맥주잔이 바닥을 보였습니다. 혼자 먹기에 해물떡볶이는 양이 너무 많아 반의반도 건드리지 못한 채, 생맥주 한 병을 더 주문하고 창가 구석의 연인들에게 귀를 기울였어요. 웨딩드레스를 입지 않은 3월의 신부가 다시 종알종알.

"사귑시다 우리. 대놓고 이러는 거 나도 굉장히 어색하네요. 겪어봤으니 아시겠지만 많이 나쁜 사람 아니거든요. 저기, 어떠세요? 뭐 필요하시면 옵션을 걸어도 좋고."

"내가 그런 말을 했단 말인가요."

"기억 안 나요?"

"글쎄요."

"어머나."

"납니다."

"해명해봐요."

"뭘요."

"왜 그랬나요. 나한테 왜 그랬나요."

"따지는 겁니까."

"이유가 알고 싶은 겁니다."

다시 소주 한 모금 연이여 맥주 한 모금 마시고는 그 자리를 바라보았어요. 지난 3월, 그녀도 나도 부천은 처음이던 날, 생애 첫 부천을 경험하며 그녀와 내가 두 시간 넘게 머물다 갔던 자리.

"나도 그랬어요."

"뭐가요."

"그 순간이 아니면, 영영 말 못 할 것 같았다고요."

안녕. 안녕히.

"밤 열시가 넘은 시간이었잖아요. 그렇게 아무 말도 못 한 채 자정을 넘기고, 하루가 가고 일주일이 가고, 결국 아무 일도 일어나지 않고, 서로가 서로를 전혀 기억 못 하는 채 1년이 지나고 3년이 지나고, 40대가 되고 50대가 되고. 그렇다고 해서 큰 비극이 벌어지거나 훗날 안타까운 운명을 맞이하는 것은 아니겠지만, 왠지 그렇게 되어서는 안 될 것만 같은 강박이 나를 떠밀었어요. 왠지 찜찜했어요. 실은 우울했어요. 그렇게 세월이 흘러갈 일을 생각하니."

"……."

"옳지 못한 일을 하는 것 같았다고 할까."

다시 소주 한 모금 맥주 한 모금 새우깡 한 개. 세상에 Crazy For You가 탄생한 이래 혼자 이렇게나 복잡하게 술을 마시는 인간이 있었을까. 창가 테이블의 남녀가 나란히 자리에서 일어섰습니다. 남자가 가방을 멨고 여자가 계산서를 챙겼어요.

안녕. 잘 가요.

어디로 떠나가는지 알 수 없지만 행복하기를.

두 사람, 부디 영원하기를.

매일 그대와

마을버스에서 내려 시간을 확인했어요. 열시 이십사분. 술에 제법 취했지만 밤길에 정신을 놓고 다닐 정도는 아니었죠. 긴 하루가 끝나가고 있었어요. 골목에 들어서자 주황색 가로등의 고요가 선창가 밤안개처럼 자욱했어요. 아기 고양이 한 마리가 승용차 바퀴 밑을 서성이다가 나를 발견하고는 냐옹, 소리도 없이 저편 어둠 속으로 스며들었어요. 골목을 스쳐가는 바람에 뭔가 좋지 않은 냄새가 섞여 있었어요. 혼자라는 사실이, 빈집에 혼자 들어서야 한다는 것이 새삼 견디기 힘들었어요. 머지않아 맞이할 생애 첫 시간들이 다시 떠올랐어요. 빨간 알약을 삼키고. 침대에 누워 기절하듯 잠들고. 미래에서 온 세 남자가 이 밤의 주인공처럼 집 안에 찾아들고. 혼곤히 잠든 내 머리에 전선 가득 연결된 헬멧을 씌우고. 머릿속 지도에서 어떤 흔적들만이 말끔하게 지워지는 동안 온 집 안을 감쪽같이 뒤져 혹시 남겨졌을지 모를 또 다른 흔적을 찾고. 밤새 세상 누구도 알아주지 않을 작업에 몰두하던 이들이 자신들의 발자국들을 지우며 얌전히 떠나가고. 이윽고 날이 밝고 평소와 다름없이 시작하는 7월 하늘.

검은 구덩이 같은 공포가 엄습했어요. 겁이 많아서는 아니에요. 그랬더라면 오늘과 같은 밤을 걱정할 일조차 없었겠지요. 하지만 돌아설 곳도 도망칠 길도 그럴 마음도 없었어요. 사실이 어떻다 해도, 그녀가 성실한 남편과 전교 부회장 딸을 가진 유부녀라 해도, 사실이 어떻다 해도, 그녀가 귀환을 눈앞에 둔 남파 12년차 고정간첩이라 해도, 사실이 어떻다 해도, 그녀가 30억대 사기극을 벌이고 도주 중인 경제사범이라 해도, 사실이 어떻다 해도, 그녀가 치앙마이 차오프라야병원에서 거듭난 성전환자라 해도, 사실이 어떻다 해도, 그녀가 냉동실에 토막 난 인육들을 보관한 살인마라 해도, 사실이 어떻다 해도, 그녀가 인간으로 변신한 16우주의 지적외계생명체라 해도, 사실이 어떻다 해도, 그녀가 720년 후 미래에서 온 전투용 사이보그 T-1002라 해도. 세상에 그녀가 존재하고 내가 존재한다면 그리고 내게 어떤 선택권이 주어진다면, 그녀에 관한 내 선택은 언제나 한 가지뿐. 지금 그렇듯 앞으로도 그러할 테니까.

불 꺼진 현관 앞에 서서 지갑을, 핸드폰 케이스를, 이어 바지 주머니를 한참 뒤졌습니다. 어라 이게 어디 갔담. 그러다 말고 아, 고개를 끄덕이고 말았지요. 현관 카드키를 그들에게 주었구나. 그때 등 뒤에서 어떤 소리가 짧게 다가왔어요. 화단의 나뭇가지가 바스락거리는 소리 비슷했지만 그것은 아니었어요. 새끼 고양이가 음식물쓰레기 수거함 근처를 얼쩡대는 소리 비슷했지만 그것도 아니었어요. 그것은 소리라기보다 기척이었어요.

"……놀라지 마세요."

"아이 깜짝이야."

"죄송합니다. 놀라지 않게 하려고 했는데."

"누구세요?"

"접니다."

"누구……."

등 뒤를 돌아보았어요. 어둠 속이었고 제법 취한 데다 솜털이 곤두설 만큼 놀랐지만, 그 얼굴을 어렵잖게 기억해낼 수 있었습니다.

세상이 그대를 속일지라도

"안녕하셨습니까."

"여기 숨어서 나를 기다린 건가요?"

"네 시간 동안이요. 이렇게 말고는 만날 방법이 없어서."

"원 세상에."

나도 그런 적이 있었지. 어떻게 보면 그날이 더 심했지. 강남역 미래타워. 갑자기 연락이 끊긴 그녀를 찾아 저녁 일곱시부터 자정 지나 새벽 두시까지 밑도 끝도 없이 그녀를 기다렸었지.

"일부러 숨은 건 아닙니다. 앉아 있을 만한 장소도 따로 없고."

"……경찰을 불러야 하는 건가요."

"제발 그러지 마세요. 강도도 스토커도 아니니까."

가련하도록 창백한 얼굴. 잔털 없이 매끈한 대머리에 희미하게 자리만 남은 눈썹. 입술을 거의 움직이지 않고 웅얼거리는 말투. N의 예전 남자였어요. 작년 12월이던가 퇴근 무렵에 느닷없이 출판사로 찾아왔던. 후회하지 않을 자신 있습니까, 대뜸 그렇게 묻던.

"이번엔 또 뭔가요."

"술 드셨군요."

"N에 대해서라면, 그게 무슨 이유건 이제 집어치우세요. 다 필요 없으니."

"그게 아닙니다. 그녀 때문이 아닙니다. 차연 님 때문입니다."

"참 알 수 없는 분이네. 당신이 도대체 뭔데요. 나에 대해 뭘

안다고."

"불쌍한 사람."

"뭐라고요?"

인적 드문 밤길이지만 신변의 위협은 느껴지지 않았어요. 길고양이 한 마리 내쫓을 기력도 없어 보였거든요.

"그들을 믿습니까."

"누구 말인가요."

"세 남자. 미래에서 온."

머리가 지끈 아팠습니다. 몸속 한가득 맑게 찰랑거리던 액체가, 고깃국이 식으며 기름이 굳듯, 탁하게 끈적끈적하게 변해가는 기분.

"그 사람들을 어떻게 아나요."

"함께 일했으니까요. 프로젝트의 일원으로. 2015년 초까지."

"……."

"대단한 사람들이죠. 720년 아니라 7200년 전으로 돌려보내도 아무 걱정 없이 살아갈 사람들이지요."

빌어먹을 놀랍군. 최근 며칠, 길게는 몇 개월, 별 기가 막히는 상황들을 다 접해왔지만, 그렇게 생각했지만, 빌어먹을 이건 종류가 조금 다르군.

“오늘 자정에 리셋 프로그램이 있다고 들었습니다. 불과 몇 시간 전에 겨우 그 사실을 알았습니다. 그래서 부랴부랴 찾아온 겁니다.”

“리셋 프로그램?”

“선택적 삭제 요법 말입니다.”

상상도 못 했던 일들을 겪게 될 겁니다. 여태 꿈도 꾸지 못했던 일들을. 감당할 수 있겠습니까? 밑도 끝도 없던 경고의 말이 귓속 어디쯤에서 아득히 재생되고 있었어요. 우습도록 처량한 80년대 가요 한 소절처럼.

“……그 사람들이 했던 이야기, 다 거짓말인가요.”

“어떤 이야기 말씀인가요.”

놀랍고 얼떨떨한 한편으로, 이 세상 사람 같지 않은 그의 외모와 언어에 슬그머니 짜증이 일었어요.

“지난 기억들의 일부를 하룻밤 사이에 송두리째 삭제하는? 장차 N을 다시 만나서 처음처럼 다시 새로운 사랑에 빠지는?”

밤늦은 골목길에 탁한 바람이 불어왔고 스산한 공기 속에서 좋지 못한 냄새들이 코를 찔렀습니다. 지치도록 곤혹스러운 이 시간들의 끝은 어디쯤인가.

"거짓말이 아닙니다. 거짓말은 아닙니다. 그랬더라면 차연 님이 제 얼굴을 기억 못 할 리 없겠지요. 그랬더라면 차연 님과 내가 이렇게 만날 일도 없었겠지요. 그랬더라면 제가 차연 님의 출판사나 집을 어려움 없이 찾지도 못했겠지요."

"지금 무슨 말을 하려는 건가요."

"선택권이 있습니다. 차연 님에게는."

"……."

"운명을 결정할 권리. 미래를 선택할 권리. 자신을 선택할 권리."

핸드폰을 들어 시간을 확인했어요. 열시 오십이분. 이런, 벌써.

"당장 빨간색 약을 삼키고 누워 잠들기를 기다릴 수 있습니다. 그렇게 모든 것을 잊은 채 새로운 사랑을 시작할 수 있습니다. 때로는 그로부터 진정한 행복을 느낄 수도 있을 겁니다. 아니라면, 오늘 자정에 계획된 리셋 프로그램을 당장 취소할 수도 있습니다. 망각으로 도피하는 대신 현실을 선택할 수 있습니다. 남루하고 시시하지만 계획되어 있지 않은 현실의 미래를."

"……."

"어느 편을 선택하건 그건 차연 님의 자유입니다. 그리고 더욱 중요한 것은,"

생애 가장 결정적인 순간이 되었을지도 모를 그와의 예정에 없던 시간은, 어쩌면 세 남자들을 만났던 것보다 나아가서는 심지어 N을 알게 되었던 것보다 치명적인 결과의 원인이 되었을지도 모를 사건은, 그러나 그 정도에서 애매하게 성급하게 마무리되고 말았어요. 남은 밤 시간이 길지 않았으며 해야 할 중요한 일들이 내게 있었던 때문이었습니다. 무엇보다 그때 머릿속의 또 다른 내가 단단히 화가 나서 악을 쓰는 때문이었습니다. 나보다 몸은 작지만 목소리는 엄청 큰 내 안의 내가, 혹시 모를 불안감에 발을 동동 구르면서 사납게 재촉하는 때문이었습니다. 어서 그 개자식을 쫓아버려. 되어먹지 않은 헛소릴랑 귀담을 필요 없으니 어서 집에 들어가라고. 쫓아올 것 같으면 꽁꽁 묶어서 쓰레기통 속에 쑤셔 박아도 좋아. 예나 지금이나, N과 나에게 요만한 도움이 되지 않는 자식이니까. 이봐, 내 말 듣고 있는 거야?

"아니요, 선택은 이미 끝났습니다. 오래전에. N을 처음 만나던 날부터."

"중요한 이야기입니다. 차연 님이 짐작도 못 할 만큼 중요한 이야기가 여전히 남아 있습니다."

"더 들을 말 없어요. 있다 해도 더는 듣고 싶지 않습니다."

"이런."

"그러니 그만두세요. 그만두고 돌아가시라고. 아시겠어요?"

"왜 도망가시는 겁니까. 뭐가 두려워서 눈 감고 귀 막고 뒷걸음치려는 겁니까."

"댁이야말로 뭐가 두려워서 이렇게 안달인가요. 남이야 눈을 감건 귓속에 마요네즈를 짜 넣건."

"……."

"어서 가세요. 정말로 경찰을 불러야 하나."

고개 숙인 그가 두 손으로 머리칼을 넘기듯, 아무것도 없는 대머리를 앞에서 뒤로 천천히 쓰다듬었어요. 지켜보는 것만으로 그 절절한 마음이 충분히 느껴지는 동작이었지요.

"……뭐가 두렵냐고요? 진실이 버림받고 죽어 없어지는, 바로 그게 두렵습니다."

"아, 짜증 나네."

"지난 몇 년 동안 내가 참여했던 리셋 프로그램만 네 차례였습니다. 프로젝트의 주인공은 N이 아니라 차연 님이었으니까요. 진실을 얼마나 더 외면하시겠습니까?"

"이런 씨발!"

머릿속에서 연신 발을 동동 구르던 내 안의 내가 급기야 빵 터지고 말았어요. 어느 방향을 향해 폭발한 것인지, 내 앞의 남자인지 나 자신인지 이 자리에 없는 누군가인지는 확실치 않았지만.

"진실보다 중요한 것이 진심이죠. 내 진심, 보여줄까요?"

바지주머니에서 플라스틱케이스를 꺼내 뚜껑을 열었어요. 투명한 빨간색 캡슐을, 더불어 동그랗고 하얀 알약 두 알을 한꺼번에 입에 털어 넣고 꿀꺽 넘겼습니다. 딱딱한 알갱이들이 걸리며 식도를 거칠게 자극했지만, 다행히도 토해내지 않을 수 있었습니다. 아아아. 창백한 남자가 질끈 눈을 감더군요.

"꺼져. 꺼지라고."

그의 뒷덜미를 거칠게 잡아 쥐었습니다. 그러고는 몇 걸음을 질질 끌고 갔습니다. 넘어질 듯 휘청휘청 끌려오는 체중이 초등학생처럼 가볍더군요. 그렇게까지 포악할 필요는 없었지만, 안 그랬다가는 계속해서 이상한 소리로 내 뒷덜미를 잡아 흔들지 몰랐으므로, 어두운 골목 구석에 있는 힘껏 그를 집어 던졌어요. 어두운 담벼락에 퍽 부딪힌 그의 사지가 개구리처럼 하느작하느작 엎어졌습니다.

"다시 눈에 띄면, 그땐 정말 패 죽여버릴 줄 알아!"

벌떡 일어서지도 못하고 꿈틀꿈틀. 힘겹게 몸을 추스르던 그가 뭐라고 중얼거리더군요. 나직하게. 그게 나를 향한 충고였는지 가련한 자기 처지를 어루만지는 혼잣말이었는지 육체의 고통을 호소하는 신음이었는지는 확실치 않았습니다.

언젠가 우리 다시 만나면

생각을 해봅니다 미래에 대해서. 다시 만난 그녀와 나의 3년 뒤 또는 5년 뒤에 대해서. 5년 뒤라면 그녀와 내 나이 마흔이군요. 2021년. 그때쯤이면 결혼에 대해 더 구체적으로 더 진지하게 더 절실하게 궁리하고 있지 않을까. 이미 결혼해서 함께 마트에 가면 이것저것 사달라고 보채고 울어대는 아이가 둘 정도 있는 것 아닐까. 그런가 하면 또한 생각을 해봅니다 더 먼 미래에 대해서. 30년 뒤 또는 50년 뒤에 대해서. 300년 뒤 또는 500년 뒤에 대해서. 세상의 어떤 사람들은 10대에 또는 20대에 세상을 떠나고 어떤 사람들은 지금으로부터 10년 후를 만나지 못할 운명을 가지고 있으며 또 어떤 사람들은 모두가 기대했던 것 이상으로 오래 살아가기도 하니까. 소멸 이후의 세상. 「닫힌 방」이니 「이방인」이니 「베니스에서의 죽음」 따위를 읽는 이들이 지금보다 훨씬 드문 세상. 지구의 자전 속도가 현저히 떨어져 하루의 길이가 그만큼 길어진 세상. 「시골의 결혼 준비」 같은 작품은 원작자의 DNA를 과거에서 불러내어 미완성된 나머지 분량을 다시 쓰도록 강요하는 세상. 그때도 N과 N들의 사랑은 여전히 남아 세상을 떠돌겠지. 언젠가 내가 약해지고 느려지고 블편해지고 사라진 이후에도 내게 더없이 완벽한 그녀는 끝내 세상에 남아 누군가를 사랑하고 누군가의 사랑을 받으며 살아가겠지. 언젠가 늙고 약해지고 느려지고 사라질 걱정 없이 부조리한 생을 부조리하게 비웃으며 이겨내겠지. 그렇겠지, 그녀라면.

안녕

홀로 불을 끄고 침대에 누워 눈을 감았어요. 정말 긴 하루였어요. 그리고 지금은 창밖 어딘가에서 시작된 불빛 한 줄기가 방 안에 숨죽인 어둠을 좌에서 우로 길게 쓸고 가는 시간. 몸속 깊은 곳에서 약 기운이 쏴아아 파도 소리를 내며 몰려들고 있네요. 감당할 수 있을까 걱정스러울 만큼 엄청난 약 기운이. 이러다 잠들면 영영 깨어나지 못하는 것 아닐까. 하지만 두렵지 않아요. 알지 못하는 세상을 앞서 두려워하는 일이란 가히 죽음을 두려워하는 일만큼이나 어리석은 노릇 아니겠습니까. 위층 화장실에서 들려오는 물소리와 주방의 냉장고 소리가 식별되고도 남을 고요 속에서 깊고 아득한 잠을 맞이하며.

사람들을 떠올립니다.

여태 만난 적 없는 사람들. 장차 만나지 못할 사람들. 지금 어딘가에 있을 사람들. 자정 가까운 시간, 휴지 조각처럼 거리를 떠돌며 선불리 영원을 약속하는 사람들. 새로운 만남의 강렬함에 어리둥절 놀란 사람들. 누군가를 향한 설렘에 가슴 벅차 미소조차 짓지 못하는 사람들. 선택의 아픈 기로에 서서 가슴을 안고 눈물 흘리는 사람들. 술에 취해 묻지도 않는 다짐을 열심히 주워섬기는 사람들. 누군가에 미치도록 미쳐서 어쩔 줄을 모르는 사람들. 사람으로 인한 간섭에 집착에 착각에 편견에 오해에 갈등에 거짓에 회피에 불신에 의심에 질투에 불만에 증오에 권태에 망각에 분노에 지치고 만 사람들. 마침내 지하 술집의 가장 어두운 자리에 남아 오래전 기억을 더듬는 사람들. 얼굴도 이름도 모르지만 일단 한번 만나면 환하게 기억하고 말 사람 사람들. 그들의 목소리가 두런두런 들려오고 있어요. 멀지 않은 곳이에요. 현관 밖에 누군가 있는 것 같아요. 그들이 벌써 찾아온 것인가. 이제 시간이 되었어요. 짧고 오랜 여행을 떠나야겠어요. 이만큼 중요한 순간에조차 혼자라는 사실이 조금 서글프네요. 지난 시간들에게 인사를 건네고 싶어요. 이제 더는 그리워할 수도 없는 나의 N에게, 마지막 작별 인사를.

안녕.

안녕.

아직은 멀리 떨어져 있는 아침을 밝히며 건너오는 시간들에게도 조심히 환영 인사를 건넵니다. 새롭게 만날 그녀, 내 전생의 연인에게도 같지만 전혀 다른 인사를.

안녕.

만나서 반가워요.

우리의 밤은
당신의 낮보다 아름답다

어쩌다 마주친 그대

드디어 사랑이 시작되었습니다. 그런 것 같습니다. 급기야 이처럼 선언할 수 있음에 얼마나 가슴 벅찬지 모르겠습니다. 세상에 맙소사 방금 내가 뭐라고 했죠? 사랑. 사랑. 오마이갓 이게 얼마 만인가!

열한시 오십이분. 그녀를 바래다주고 돌아오는 길. 딱 기분 좋을 만큼만 취했으며 밤공기가 적당히 달콤한 데다 막차가 아직 끊기지 않은 시간이네요. 열차를 타고 시 경계선을 넘어 마을버스 대신 택시를 타고 집 동네에 다다르면 새벽 한시가 조금 넘겠지요. 오늘 같은 밤이라면 냉장고 안에 있는 것들로 간단한 술상을 봐서 소주 서너 잔에 새로운 사랑을 자축해도 좋겠군요. 고요한 밤 흐뭇한 밤. 방금 전 헤어진 그녀를 다시 생각합니다. 그 다정한 목소리와 그 상냥한 미소를. 발끝이 두둥실, 당장이라도 그녀에게로 발길을 돌리고 싶어지네요. 하지만 그렇게 하지는 않을 거예요. 오늘은 세상의 어떤 날과도 같지 않은 날. 훗날 어떻게 기억될지는 알 수 없어도, 당장은 이런저런 사연들을 더 만들고 싶지 않을 만큼 각별한 날이니까. 끝도 없이 그윽한 이 마음을 지금 그녀도 알고 있을까요?

작가의 말

2011년, 그립도록 아프고 한심하도록 사랑스럽던 1990년대에 스무 살 시절을 뒤죽박죽 데굴데굴 헤매던 『사랑, 그 녀석』의 차현(또는 차연)이 2015년, 서른다섯 살 총각 아저씨로 돌아왔다. 뒤죽박죽 얽히고설킨 시간 순서는 영 못마땅하지만 그 차연과 이 차연이 그래도 같은 인물 아니겠느냐 믿고 싶은 분이 있다면 그야 읽는 당신의 자유니 뜻대로 하시라고 응원하고 싶다. 나 역시도 그 차연이나 이 차연이나 삼시세끼 밥 먹고 물 마시듯 사랑에 푹 빠져 제 몸을 축낼 정도로 어리석어빠진 주제들만큼은 앞뒤 없이 똑같은 인간들 아닐까 생각하는 편이다. 그런가 하면 그 차연이나 이 차연이나 갈데없이 작가란 작자의 그림자 또는 분신이리라고 믿고 싶은 분이 있다면, 이 문제만큼은 그다지 응원할 마음이 없지만, 역시나 읽는 당신의 자유라고 하지 않을 수 없는 일이겠다.

또 한 명의 차연을 세상에 내놓는 마음이 그다지 편치만은 않다고 해야 옳겠다. 이번에 차연의 온몸 온 마음 온 일상을 송두리째 사로잡은 그놈의 사랑이란 것이, 달콤하기가 여름 낮잠만큼이나 아쉽고 짧은 반면에 치명적이기는 전갈의 독만큼이나 무자비하고 끔찍한 종류의 것이기 때문이다. 게다가 소설을 다 읽은 분들이라면 이해하시겠지만 이렇게나 고약한 사랑을, 차연은 저 시시포스처럼 평생 동안 끊임없이 반복해 맞이해야 할 천형의 덫에 걸리고 만 때문이다. 이 아니 안타까운 노릇인가. 출판사께서 '최대 6백 매'까지 아량을 선보이시며 5백 매 내외의 경장편소설임을 분명히 천명하셨기에 지면 관계상 사랑의 달콤함이 보다 짧아진 측면이 없지 않다. 그러나 6천 매 분량의 대하극이 되었다 한들 이 소설이 봄날 꽃밭처럼 달콤한 사랑 이야기로 분칠되지는 않았으리라 생각한다. 잠깐 달고 오래 짠 것이 사랑이니까. 그것에 이 소설에서 그려져야 할 사랑의 숙명이니까. 설탕 같고 소금 같은 사랑에 오이처럼 올리브처럼 푹 절어진 채 살아가야 할 차연의 명복을 빈다. 역시나 가련하기 그지없는, 세상 가장 사랑스러운 차연의 연인 N에게도 마음 깊은 안부를 건네고 싶다. 참고로 N은 『슬픔장애재활클리닉』의 성이연이나 『사랑, 그 녀석』의 은원, 『여관』의 M과는 별다른 관계가 없는 인물이다. 그러나 이에 대해서마저 새로운 해석을 덧붙이고자 하는 분이 있다면, 역시 독자의 자유니 좋도록 하시라고 응원해 마지않을 것이다.

나만이 쓸 수 있는 소설, 에 대한 강박이 없는 소설가는 세상에 없다. 부끄럽지만 나 또한 그러하다. 그리하여 나만이 쓸 수 있는 소설이 무엇인지 그런 게 가능이나 할지 가늠조차 안 되던 시절부터 그를 위해 열심을 부린 편이었다. 뭘 어떻게 해야 하는지도 모르는 채로. 사정은 지금도 크게 다르지 않다. 차이가 있다면 그 사이에 20년의 시간이 가로놓였다는 것뿐. 원컨대 『우리의 밤은 당신의 낮보다 요란하다』는 나만이 쓸 수 있는 소설이다. 이른바 문예적으로 미학적으로 이보다 완성도 높은 소설을 쓸 사람들은 대한민국에 수두룩하다. 이와 똑같은 줄거리를 놓고서 이보다 훨씬 재미있고 아름답고 훌륭하고 정확한 소설을 만들어낼 사람들도 한둘 아닐 것이다. 아마도 작가들 가운데 나 빼고 전부일 것이다. 어쨌거나 청컨대 이것은 나만이 쓸 수 있는 소설이다.

세상에 시도 소설도 뭣도 아닌 종류의 글 가운데 괴상하기로 첫 번째 칠 것이 '작가의 말' 아닐까 한다. 책을 엮을 때마다 한편으로는 고역이며 한편으로는 빼거나 소홀히 넘기기가 영 섭섭해서 고민되는, 이 고상한 척 한없이 가볍고 진지한 척 실없기 그지없는 대체 무엇에 비교하면 적절할지 모르겠다. 페이스북에 술자리 안주를 사진 찍어 올리고 한마디 곁들여 적는 글 정도? 그렇구나 페이스북에 문득 글을 올릴 때나 작가의 말을 궁리할 때나, 나의 경우 거의 비슷한 어떤 마음에 사로잡히는 편이다. 핸드폰 밖, 책상 밖, 집 밖, 세상 밖 어딘가에 전화를 걸고 싶은 마음. 얼굴 모르는 당신과 당신과 당신들에게 별것도 아닌 내 이야기를 자꾸만 전하고 싶은 마음. 청승도 아니고 오지랄도 아니고 그리움도 아니지만 대충 그와 비슷한. 연전에 장편소설 『슬픔장애재활클리닉』을 내며, 작가의 말만을 한데 묶어 책 한 권을 묶으려면 장차 얼마나 많은 소설을 써야 할까 궁리해본 적이 있었다. 여전히 확실치 않지만, 이로써 그 먼 꿈에 한발 더 다가가게 되었음은 분명하다.

이번 생은 망했다고 누군가 말했다. 내 경우에 한해 그 수사를 비틀어보자면, 이번 생은 아무래도 이렇게 갈 모양이다. 요컨대 내 이름의 소설책을 두세 권 발표한 정도라면. 이것 말고도 할 줄 아는 것 하고 싶은 것이 많으며 소설 밖의 더 넓은 세상 향한 관심과 애정과 누구 못지않은 에너지를 가지고 있다면. 하다못해 30대 초중반이라면. 그렇다면 이후의 생이 어디로 어떻게 굴러갈지 망할지 흥할지 종잡을 수 없고 넘겨짚어서도 안 되리라. 또 다른 멋진 생을 꿈꿀 수도 있으리라. 하지만 조금 멀리 온 것 같다. 내릴 정류장을 이미 여러 곳 지나온 것만 같다. 방법이 없다 이제. 끝까지 가는 수밖에는. 40대를 지나 50대로. 60대로. 10종의 장편소설을 넘어서 20종으로. 30종으로. 이 다짐을 기억해주시라는 말씀은 드리지 않겠다.

경기도 광주를 떠나 북한산 아랫동네에 이사 와서 3년째. 이곳에서 시작하고 완성한 첫 번째 소설이다. 다음 소설도 아마 이 동네에서 시작하게 될 것이다. 그리고 아마도 이 동네에서 완성이 될 것 모양이다. 모를 일이다 또 어떤 변화가 있을지. 그때 지나면 알게 되겠지. 늘 그러하듯.

그때까지, 모두 안녕.

안녕히.

2015년 8월 삼양동

한차현

ROMAN COLLECTION 002

우리의 밤은 당신의 낮보다 요란하다

초판 1쇄 인쇄 2015년 8월 27일
초판 1쇄 발행 2015년 8월 31일

지은이 한차현
펴낸이 이수철
주 간 신승철
편 집 정사라, 최장욱
마케팅 정범용
관 리 전수연

펴낸곳 나무옆의자
출판등록 제396-2013-000037호
주소 서울시 용산구 한강대로 109 용성비즈텔 802호(04376)
전화 02) 790-6630 팩스 02) 718-5752

페이스북 www.facebook.com/namubench9
카페 cafe.naver.com/namubench
인쇄 제본 현문자현 종이 월드페이퍼

ISBN 979-11-86748-00-8 04810
979-11-86748-04-6 04810 (세트)

* 나무옆의자는 출판인쇄그룹 현문의 자회사입니다.
* 잘못된 책은 바꿔드립니다.
* 책값은 뒤표지에 표시되어 있습니다.

* 이 도서의 국립중앙도서관 출판예정도서목록(CIP)은 서지정보유통지원시스템 홈페이지(http://seoji.nl.go.kr)와 국가자료공동목록시스템(http://www.nl.go.kr/kolisnet)에서 이용하실 수 있습니다. (CIP제어번호 : CIP2015020477)